追い出された万能職に新しい人生が始まりました vol.5

AUTHOR:

東堂大稀

ILLUSTRATION らむ屋

Oidasareta
Banno-shoku ni Atarashii Jinsei
ga Hajimarimashita

主な登場人物
Main Characters

グリおじさん
ロアの従魔のグリフォン。
傲慢だが実力は規格外。
城塞迷宮《シタデルダンジョン》の元支配者。

ロア
本編の主人公。
冒険者パーティー『暁の光』で
万能職を7年務め、追放された。
探究心豊かで気弱な少年。

魔狼の双子
ロアの従魔。
彼によく懐いており、
名付けられる日を待っている。

イヴリン
アイリーンに付き従う女騎士。忠誠心が強いあまり、周りが見えていない。
アイリーン
城塞迷宮《シタデルダンジョン》調査団の団長。何かと暴走して周囲を振り回す。
ベルンハルト
無口な魔術師。魔法への探求心が旺盛。
ディートリヒ
仲間思いのリーダー。双子の魔狼と仲が良い。
クリストフ
斥候・剣士。軽薄な外見ながら真面目。
コルネリア
盾役を務める、元気のいいツッコミ係。
望郷
ロアと親しくしている、ネレウス王国出身の冒険者パーティー。

第十六話　城塞迷宮《シタデルダンジョン》の中へ

とある国、とある王城、とある部屋。

大理石造りの広い部屋の中心で、優雅に湯を使っている青年がいた。

青年が入っているのは、鮮やかに絵付けされた磁器の浴槽《よくそう》だ。四本の脚で支えられているそれは、磁器の彩《さい》だけでなくところどころ金彩《きんだみ》が施されており、最高級のティーカップをそのまま巨大化させたようだった。

それに浸《つ》かる青年もまた、その浴槽に相応《ふさわ》しく美しい。

胸元が膨らんでいないことを確認していなければ、女性と見紛《みまご》うばかりだ。肌も白く輝くほどで、磁器の浴槽と相まって、磁器人形《ビスクドール》そのものだった。

「それで、鷲頭獅子《グリフォン》の子、えっと、ロアくんだっけ？　彼は取り込めそうなの？」

優艶《ゆうえん》な腕に沐浴海綿《スポンジ》を這《は》わせる。

スポンジは海に棲《す》む海綿《かいめん》を腐敗《ふはい》させ、その柔らかな骨格だけを取り出したものだ。海の底の生き物のため、形が整った状態での採取が難しく、使用できるのは極一部の限られた人間たちだけだった。

「いえ、まだ接触はできていないようです。幸い、同じ城塞迷宮《シタデルダンジョン》の調査団に配属されましたので、接触の機会を計っている最中です」

答えたのは、距離をあけて片膝をついて控えている、武骨《ぶこつ》な軍人風の男だ。頭を下げて、入浴中の青年とは一切視線を合わせようとしない。

「動いてるのは、あの娘《こ》でしょ？　なんたら騎士団に潜り込んでる、なんちゃらっていう娘。情報収集とかお薬をばら撒《ま》いたりとか、結構役に立つ娘だと思ってたけど、えらく時間かかってない？」

「申し訳ありません。件《くだん》の少年の傍《かたわ》らには常にグリフォンか魔狼《まろう》が付き従っており、容易に接触ができないそうです。また、伯爵令嬢が彼らを敵対視しているのも障害になっているようです」

「わがまま令嬢が邪魔なら殺しちゃえばいいよ。あれの何とか騎士団は情報収集の偽装に大いに役に立ってくれたけど、もう切り捨てられることが決まったんだしね。どうせ城塞迷宮《シタデルダンジョン》で死ぬ予定だったんだしさぁ。皆殺しにして、目的の子と接触して、取り込めないならその子も殺して終わりでいいでしょ？」

「承知」

青年の非情な言葉にも、男は顔色一つ変えずに短く答えて返すだけだった。

青年は浴槽の傍らに置かれたサイドテーブルからグラスを取ると、琥珀色《こはくいろ》の液体を喉へと流し込む。

琥珀色の液体は発泡《はっぽう》しており、泡は底から立ち上ると同時に儚《はかな》く弾けて消えていった。

双子の魔狼はロアを背に乗せ、草原を疾走《しっそう》していた。

城塞迷宮《シタデルダンジョン》の中心部を目指して、ロアと従魔たちは望郷のメンバーと共に移動中だ。

〈強くならなきゃ〉

前を見つめながら、二匹同時に呟く。

双子は城塞迷宮《シタデルダンジョン》に着く手前、森の中でウサギたちに翻弄《ほんろう》されて苦汁《くじゅう》をなめた。普通のウサギたちに遊ばれ、満足に戦うことすらできなかった。

普通に戦えば、双子の方が圧倒的に強いだろう。しかし、数の力と正確な連携を前に、手も足も出なかったのだ。

その後に戦ったウサギたちの王である翼兎《ウイングラビット》には、ロアと共に一対三で戦ったものの、手加減された。

圧倒的な強者の余裕を見せつけられ、歯牙《しが》にもかけてもらえなかった。

あのウサギは嫌なやつだ。倒して、従えてしまわないと安心できない。ロアに危害を加えさせてはいけない。

〈強くなきゃ、まもれない〉

森を抜けた後に襲ってきた不死者《アンデッド》の大軍。

あの程度なら双子だけでも十分に倒すことができただろう。しかし、ロアが守りたいと思っている者たち全てを守りながら戦うのは無理だった。

ロアは一緒に城塞迷宮《シタデルダンジョン》まで来た騎士や兵士を守りたいと思っている。ロアの望みは自分たちの望みだ。ならば、守らなくてはならない。

そのための力は、まだ自分たちにはない。

結局、不死者《アンデッド》の大軍はロアの知略《ちりゃく》によって倒された。ロアのおかげで騎士や兵士は死なずに済んだ。

双子の魔狼も手伝ったが、それが自分たちの力ではないことは理解している。

〈せめて、おじちゃんいがいのグリフォンより強くなろう〉

その日の夜に、二匹のグリフォンに襲撃された。そのグリフォンは昔、グリおじさんが育てていたグリフォンらしい。

襲撃方法が、高空から氷塊《ひょうかい》を打ち込むという方法だったため、相性の関係で双子の力で防ぐことはできた。

しかし、双子に上空の魔獣を攻撃する手段はなく、グリフォンたちを空から引きずり下ろし、殺す寸前まで痛めつけたのはグリおじさんだった。

ロアが周囲の人間を気遣ったため、グリフォンたちには逃げられてしまったが、それがなければグリおじさんが倒していたことだろう。

〈役にたちたいよね〉

グリフォンたちは、一人の人間を人質として連れ去った。

ロアと望郷はそれを助けるために、グリフォンたちの住処である城塞迷宮《シタデルダンジョン》へと向かうことになった。

その途中で出現した、動く骸骨巨人《ギガントスケルトン》との戦いでは、双子はまったくの役立たずだった。

ロアが作った粘着液で足止めし、同行した冒険者パーティー・望郷のメンバーがトドメを刺した。

〈なにが来ても、たおせるようになりたい〉

動く骸骨巨人《ギガントスケルトン》と戦った後、グリおじさんは魔力増大の秘術を使うという理由で望郷のメンバーを気絶させた。

それはその後に行う、大魔術師死霊《グレーターリッチ》との戦いの布石だった。大魔術師死霊《グレーターリッチ》との戦いに際して、望郷のメンバーは立ち会うことすら耐えられない。眠らせて排除しておくしかなかったのだ。

実体を持たない不死者《アンデッド》の中でも最高位に位置する大魔術師死霊《グレーターリッチ》は、倒すどころか攻撃することすら敵《かな》わない存在だ。

それはグリおじさんも同じだったはずだ。グリおじさんも、実体のない敵を攻撃できる手段は持っていない。

それでも頭を使うことで、グリおじさんは自分の力のみで倒してみせた。普段、間の抜けたことばかりしているグリおじさんだが、ロアを守るために必要な力を持っている。

双子はそれが羨《うらや》ましかった。

〈強くならなきゃ〉

また、同じ言葉を繰り返す。

その姿を、双子の後ろを走っていたグリおじさんが見つめていた。

グリおじさんは双子にだけ聞こえる声で語りかける。

〈双子よ……〉

そして、密談《わるだくみ》が始まる……。


ロアと従魔たち、そして望郷のメンバーは城塞迷宮《シタデルダンジョン》の外壁に到達していた。

朝に野営した場所を出発したロアたちは、まだ朝方と言っていい時間に、城塞迷宮《シタデルダンジョン》の城壁の外に着くことができた。

元々この城塞迷宮《シタデルダンジョン》までやってきたのは、冒険者ギルドを通しての、アマダン伯爵からのほぼ強制に近い依頼だったが、今は違う。

今ここにいるのは彼ら自身の意思だ。

さらわれた一人の兵士を助けるためだった。

さらったのは、グリおじさんに過剰なまでに厳しく育てられ、それを恨んでいるグリフォンたちだ。恨みに任せてグリおじさんを襲い、戦ってボロボロになったグリフォンたちが、逃げ出す時に近くにいた兵士をさらったのだった。

本来なら、たとえグリおじさんが安全を保証したとしても、助けに行くという判断は無謀だろう。同じ調査団として活動していたとはいえ、ロアたちが助けに行く義理も理由もない。調査団としても、助けに行った場合の被害を考えて、最初から見捨てる決断をしている。

襲撃を受けてグリフォンの存在を確認できたことで、調査団の目的も果たしていて、無理をする必要すらなかった。

このまま帰ってもロアの受けた依頼は達成されて、彼の希望である「正式な冒険者として登録する」ことも叶うだろう。

だが、ロアは納得できなかった。

ロアの望みは、自らが理想としている冒険者になることだ。

仲間を見捨てず、助けるべき人がいるなら助けに行く。誰かのために行動できる冒険者だ。今、さらわれた兵士を見捨てれば、たとえ正式な冒険者になれても、納得できずに終わるだろう。

そしてまた、一緒に行動している望郷も、ロアが理想とする冒険者の心意気を持っていた。彼らも笑顔で無謀と言える人助けをする人間たちだ。一番文句を言っていたクリストフですら、それはパーティーの仲間を心配してのことであり、助けに行く判断自体に異《い》を唱えることはなかった。

そして決断をした後は、仲間の安全を確保するために文句を言いながらも、積極的に動いている。

そうして彼らが到達した城塞迷宮《シタデルダンジョン》の外壁は、そびえ立つ巨大な城壁だった。

「これ、どうやって中に入るんだ？」

長身のディートリヒですら、ほぼ真上を向くようにして見上げることしかできない高さだ。とても人間に登れるとは思えない。

城塞迷宮《シタデルダンジョン》の城壁は、蔦《つた》や苔《こけ》で覆われて古さを感じるものの、破損している様子は一切なかった。それは年月による風化にすら耐えていたということで、どんな攻撃をしても弾き飛ばすだろう。

「城壁なんだからどっかに門があるだろう？　そこから入れば……」

ディートリヒの呟きに答えたのはクリストフだ。乗っていた馬の手綱《たづな》を引き、彼も見上げている。

クリストフだけではない、グリおじさん以外の全員が、壁の高さに途方《とほう》に暮れながら上を向いていた。

〈落とし扉の門がいくつかあるが、吊り上げるための鉄線《ワイヤー》は大昔に切れておるぞ。設備は全て内側だからな、外からの開閉は不可能だ〉

グリおじさんの言葉に、全員が顔を見合わせる。

落とし扉というのは、鉄などの板を吊って上下させることで扉としたものだ。開けるのは手間がかかるが、閉める時は自重で落として容易に素早く閉めることができるため、戦の多い場所の城門などによく利用されていた。

それを吊り上げる鉄線《ワイヤー》が切れているということは、開閉できないということだ。

「じゃ、通用門から……」

〈ここは戦のための城として建てられたものだぞ。内側の城壁ならともかく、外側にそのような侵入しやすい場所などあるわけがないであろう？　寝惚《ねぼ》けたことを言うな〉

ディートリヒの言葉を、グリおじさんはばっさりと切り捨てる。

城塞迷宮《シタデルダンジョン》には三重の外壁があり、中心部は塔になっている。その一番外側であるロアたちの目の前にある外壁が、易々《やすやす》と侵入を許すはずがない。

「他に入り口は」

〈ないな。貴族の脱出用の地下通路があったようだが、それも長い年月で土に埋まっておるぞ〉

「じゃあ、あんたの魔法で飛んで……」

〈すぐに塔から攻撃されるであろうな。我であっても、この人数を連れて飛ぶとなると動きが鈍る。稚拙《ちせつ》な魔法でも当たるであろうな。我は問題ないが、お前たちはひとたまりもないであろう〉

「じゃあ壁に穴を……」

〈ここの城壁は特殊な魔法建築によって魔法を消す効果がある。まあ我の魔法であれば多少の効果はあるだろうが、穴を開けるのは無理だな〉

「……」

次々と案を否定していくグリおじさんを、ディートリヒは睨《にら》みつけた。グリおじさんはというと、わざとらしく呆れたような表情を作っている。

「そもそも何でこんな平原の真ん中に城塞があるんだよ！」

言えることがなくなり、ディートリヒは八つ当たりで叫んだ。足元の小石を蹴飛ばす姿は、いじけた子供のようだ。

〈ドラゴンたちに対しての備えであろう。昔は北方にいたらしいぞ？〉

「ドラゴン⁉」

望郷のメンバーが驚きの声を上げ、ロアだけが目を輝かせた。

今はドラゴンたちも山脈の奥深くに潜んでおり、人里に出てくることは滅多にない。珍しい魔獣の名前に、ロアが目を輝かせるのも仕方がなかった。

ドラゴンは、大昔には他の魔獣と同じく討伐対象だったらしいが、現在は崇《あが》められる対象となっている。約千年前に、勇者と賢者による魔王討伐を手伝ったのが蒼《あお》いドラゴンだったため、全てのドラゴンがその眷族《けんぞく》として扱われているのだ。

ドラゴンも自分たちに対して丁寧な態度をとる人間を無暗《むやみ》に攻撃しないため、魔獣とはいえ友好な関係を結んでいる。

状況によっては、人を助けてくれることすらあるらしい。

しかし、ドラゴンが今でも魔獣の最上位にいる種族であることは変わらない。

そのドラゴン対策に作られた城塞なら、ドラゴンの攻撃でも耐えられるように作ってあるのだろう。人間がそう簡単に入り込めるはずはなかった。

ディートリヒたちもこの城塞迷宮《シタデルダンジョン》が古戦場であり、失われた太古の魔法建築技術で作られていることは知っていたが、そこまで堅固《けんご》に作られているとは思ってもみなかった。

「それで、どこから入るの?」

問いかけたのは、ロアだ。

昨日は昼間に動く骸骨巨人《ギガントスケルトン》、そして夜中に大魔術師死霊《グレーターリッチ》との戦いがあったが、それ以降は順調だった。

大魔術師死霊《グレーターリッチ》との戦いは、望郷のメンバーが魔力増大の秘術の効果で眠った……というよりは気絶した状態で行《おこな》ったために、彼らには気付かれてすらいない。グリおじさんも、大魔術師死霊《グレーターリッチ》との関係を詮索《せんさく》されかねないと思っているのか、何も語ろうとしなかった。ロアはそれに合わせて何もなかったフリを続けていた。

普通であれば、大軍を率《ひき》いても討伐可能かどうかすら怪しい魔獣の出現が二連発だ。

それだけに、この城壁の中でどんな敵が待ちかまえているかと考えてしまい、ロアは若干、緊張していた。

〈入口がなければ作ればいいだけであろう〉

「ああ、地下か……」

あっさりと答えを出したロアに、グリおじさんはよくできた生徒に向けるような満足げな笑みを浮かべる。そして横目でディートリヒを嘲笑う。

〈どこぞの寝坊助より小僧の方がよほど物の道理を分かっておるな。安穏《あんのん》と長く生きているだけの無能は困る。小僧の言ったように地下から行けば良いのだ。どんな城塞も地下までは守られておらぬからな！〉

「……オレが魔法で空を飛んで行くって言ったのと、大差ないだろう？」

〈まさに天と地ほどの差があるぞ‼　そんなことも分からぬのか？〉

「うるせぇ！　モグラ野郎！」

ディートリヒは食ってかかったが、グリおじさんはそれを鼻で笑ってバカにするだけで済ませた。

アマダンの街に巨大な地下室……というか地下迷宮を作り出したグリおじさんにしてみれば、地下道を作って中に入るのは容易《たやす》い。

そしてなにより、それを可能にする土魔法は、ロアと従魔契約をしてから使えるようになったものだ。いくらグリおじさんのことを知っているからといっても……いや、グリおじさんのことを知っているからこそ、その方法はここに住むグリフォンたちに警戒されていないだろう。

ロアにも、最良の手段であるように思えた。

ただ……。

「それじゃ、採取はできないね」

ここに来るまでの道中、ロアたちはグリおじさんから、この城壁内がどうなっているかの説明を受けていた。その時にこの城壁の内部が豊かな森になっていると聞いて、ロアは好奇心を掻《か》き立てられていたのである。

ロアは当然ながら兵士の救出が最優先だと思っている。ロアにとってそれは間違いない。

ただ、未知の場所での採取という魅力的な行為に、どうしても魅かれてしまうのである。

これは先日立ち寄った、ウサギの森という巨大な薬草園で採取ができなかったことも、原因の一つだ。あれほど魅力的なものを見せられて高ぶったものが消化不良に終わったために、いつも以上に歯止めが利《き》かなくなっていたのだった。

それでも、人の命がかかっている状況で、そんなわがままを押し通すつもりはない。つい口から言葉が溢《こぼ》れてしまっただけだ。

〈む？　採取か？　それは全てが終わってから、帰りにでもゆっくりすればいいであろう？〉

グリおじさんは事もなげに言ってのけた。

それはこの場の敵を皆殺しにするという宣言に等しいのだが……。

「と、とにかく、準備しないと。馬は置いておくんだよね？　逃がしてあげた方がいいのかな？」

「不死者《アンデッド》だらけの所に逃がすよりも、ここに繋いでおいて清浄結界《せいじょうけっかい》の魔道具を置いておく方が生き残る確率は高くないか？」

「そうだよね」

コルネリアとクリストフが話し合いを始める。

昨夜、グリおじさんが大魔術師死霊《グレーターリッチ》を倒したことで、ここの不死者《アンデッド》の出現率が大幅に下がっていることを望郷のメンバーは知らない。それはロアと従魔たちだけの秘密だ。

二人が安全に馬を繋いでおける場所を探す間に、グリおじさんは穴を掘り始めるのだった。

外壁の基礎は地下深くまで打ち込まれていた。

その基礎を回避するためにグリおじさんが掘った穴の深さは、数十メートルに及んだ。

グリおじさんができるだけ垂直に近い形で掘り、階段で降りていけるように作ったため、それほど距離をあける必要はなかった。だが、緩やかで長い坂道の地下道を作るなら、数キロ手前から掘る必要があっただろう。

「ここは……？」

〈巣の地下室に出るように穴を開けた。いきなり地上だと気付かれるからな〉

巣というのは城塞迷宮《シタデルダンジョン》の中心部、ロアたちが今いる塔のことだ。

ここの壁に魔法は通じないといっても、地下室まではその恩恵はもたらされていなかったらしい。

ロアと望郷が出たのは、普通の石造りの壁に開けられた穴からだった。

クリストフは慎重に周囲の気配を探るが、彼の探索の魔法が届く範囲に魔獣の気配はない。安全を確認してから、ホッと息をつく。

武骨な岩壁が続く、通路のような場所だ。地下室の廊下だろうか。先頭を歩くグリおじさんの魔法の光で明るく照らされているが、その光の届く範囲以上に長く続いている。天井も高く、五メートルくらいの高さがあるだろう。

どこからか地下水が染み出しているらしく、足元はじっとりと濡《ぬ》れて所々苔が生えていた。

「意外ときれいなもんだな。古城なんてもっと荒れてるもんだと思ってたぞ」

「洞窟《どうくつ》みたいに荒れまくってるか、魔獣がいっぱい徘徊《はいかい》してるもんだと思ってた」

周囲を警戒しつつも、ディートリヒが呟き、コルネリアも同調した。コルネリアは出会いがしらの戦闘を想定していつもの全身鎧《フルプレートアーマー》姿だ。手には大きな戦槌《ウォーハンマー》を握っている。いつの間にか主武器として扱っているらしい。

〈ふむ。確かに〉

「確かにって、巣だったんだろ？　住んでたんだろ？　何で知らないんだよ？」

〈我が巣にしていたのはここの上層だ。地下などゴミ捨て場でしかなかったからな。以前はネズミや犬がいたと思ったのだが気配もないな……我の魔法の光に驚いて逃げたか？〉

ロアはというと、足元に生えている苔を金属の棒でつついていた。

「うーん。これ、キノコみたいだね。緑色だから苔みたいに見えるけど」

ロアは、普段光が届かないこの場所に苔が生えているのを不思議に思って調べていたのだ。その結果、苔に見えるキノコだと判断した。

「珍しいし、採取しておいてあとで調べよう。染み出した地下水で育った？　肥料がある？　でも、ネズミとかの気配もないらしいし……アレがいるのかな？　いたらまずいなぁ……」

一人ブツブツと呟きながら、魔法の鞄《マジックバッグ》から瓶を取り出し、ハサミのような道具で苔に似たキノコを採取していく。

〈小僧、何をしておる。行くぞ！〉

「グリおじさん、ちょっと待って。準備しないと」

そう言いながら、ロアはキノコを詰めた瓶を魔法の鞄《マジックバッグ》に収め、代わりに縄状の物を取り出した。

〈準備？　準備などどうにできておるであろう？　それにここには魔獣も動物もおらぬようだぞ？〉

索敵《さくてき》したグリおじさんは自信満々に言ってのけるが、ロアは困ったような表情をした。

「えーと、ちょっとだけ待って。気になることがあるから」

「なんだ？　何か見つけたのか？」

はっきりしないロアにクリストフも眉を寄せる。ロアの態度から緊急事態というわけではないのだろうが、何かに気付いたのには違いない。

「その、見つけたといえばそうなんだけど、ちょっとね……」

「なんだ、ハッキリ言ってくれ。何かあるなら対応を考える必要があるからな」

「おい、何かまずいことになってるのか⁉」

「何があったの？」

望郷のメンバーは口々に問いかけるが、ロアは気まずそうに苦笑いしながら目を逸《そ》らすだけだ。

「本当に、ちょっと準備するだけなので。それで問題なくなりますし。ここを出てから何だったのか教えますすよ。今言うと、その、まずいんで……」

双子の魔狼だけは、鼻をスンと鳴らした後でロアの態度の理由を察したのか、二匹で目を合わせてから、横目でグリおじさんを見つめていた。

〈何をうだうだとやっておる！　行くぞ。こっちだ〉

「あ、待って！　すぐ済むから！　動かないで！」

ロアが叫んだものの、グリおじさんはしびれを切らして歩き始めてしまった。

そして次の瞬間に。

「ピギャぁあああああ!!」

グリおじさんの絶叫が響いた。

石造りの通路に鳴き声が反響する。

望郷のメンバーは煩《うるさ》さに一瞬耳を押さえかけたが、すぐに立て直して周囲を警戒する態勢を取った。

「やっぱり。嫌いな人は真っ先に見つけちゃうんだよなぁ……」

グリおじさんが叫びを上げる異変に、望郷のメンバーが慌てる中、ロアはため息交じりで呟いた。

グリおじさんは全身の毛を膨らませて、高い天井に届きそうなほど跳ね上がったと思ったら、直後にあらぬ方向へ風のように走り去っていった。

「ピギャぁああああああ!!」

そしてまた絶叫だ。

先ほどの絶叫と同じく耳が痛くなるような、本当の絶叫だった。グリおじさんが浮かべていた魔法の光が掻き消える。

「何が起きた!!」

ディートリヒが叫ぶのに合わせるように、ベルンハルトが魔法の光を浮かべる。再び、周囲が明るく照らされた。望郷の警戒態勢は明かりが消えても揺るぐことはない。

闇の中であっても、気配だけで戦いができる自信があるからこそだ。

「周囲には何もいないぞ！　見えない敵か？」

「違いますよ。もう、だから待ってって言ったのに……」

剣をかまえて周囲を警戒するクリストフの声に、ロアは呆れたような返事をした。

そこに、グリおじさんが暴走しながら戻ってきた。

その顔は恐怖に歪み、なりふりかまわない爆走だ。

大きく開かれた口からは舌が飛び出し、目の焦点は合っていない。羽毛も獣毛も見事に逆立っており、激しく走ったせいで乱れまくっている。

羽毛で隠れていなければ、顔色は真っ青に変わっていることだろう。

グリおじさんはその勢いのまま、ロアに飛び掛かった。

「ちょっ！　止まれ!!」

そのあまりの迫力にディートリヒは慌てて止めようとしたが、ロアは微笑みながら受け止めるために両手を広げる。

人が撥《は》ね飛ばされ大ケガをしかねない勢いだったが、ロアの目の前に着いた途端に速度を落とし、倒れるようにロアにもたれかかった。

「はいはい。怖かったんだよね」

そしてロアはグリおじさんを優しく抱きかかえたのだった。

グリおじさんは腰が抜けたのか、座り込んでしまった。

ピーピーピーと、弱々しく鳴いている。その身体は、小刻みに震えていた。

「ばう！」

「ばう！」

双子は冷めた目を向けているものの、仕方がないとばかりに、左右からグリおじさんを挟み込んで身を寄せた。

「……で、何だったんだ？」

望郷のメンバーは何が起こったのか分からない。ただ、グリおじさんがいつもの偉そうな態度が掻き消えるほどに怯えているというのが分かるくらいだ。

軽口を叩くどころか一言も話さず、小鳥のようにピーピーと鳴いているグリおじさんの姿はなかなか衝撃的だ。

「虫ですよ。キノコが生えてたのも、虫の糞《ふん》を栄養にしてたんでしょうね。ゴミ捨て場になってた所にネズミがいないから、代わりにゴミを食べる虫がいてもおかしくないと思ってはいたんですけどね。今は光を怖がって近づいてこないだけだと思いますから、光が届いてない所には、たぶん、ネズミが生きていけないくらい大量の虫がびっしりいますよ」

「ひっ！」

ロアの言葉を聞いて、コルネリアが短く悲鳴を上げた。

想像してしまったのだろう。

索敵の魔法は脅威に対してのものだ。対象外のため、虫などが引っかかることはない。そのせいで誰も虫の存在に気付かなかったのだろう。

しかし、周りに大量にいると言われると、なんとなく存在を感じる気になってしまうから不思議だ。

「あーー。そいつ、苦手だったもんな」

グリおじさんが虫を苦手としていることは、ディートリヒも知っている。

最初の出会いの時に、ロアに虫を投げつけられて大慌てしていたのだから、忘れるわけがない。

それで、先ほどのロアの変な態度も理解できた。

ロアはグリおじさんがこんな状態になるのを知っていたので、虫が大量にいることを知られないように言葉を濁《にご》していたのだ。

「グリおじさんが気付いていない内に虫除《よ》けを焚《た》こうと思ってたのに、先に行くから……動いている虫を見つけて、混乱しちゃったんでしょう。グリおじさん、夜目《よめ》も利くから」

ロアは手に持っていた縄状の物を、近くにいたクリストフに渡した。

「虫除けです。火をつけてもらえますか。強い香りの煙が出ます。オレはグリおじさんが落ち着くまで動けそうにないので、お願いします」

グリおじさんを抱きかかえて宥《なだ》めているため、ロアは動けない。

「虫除けより、殺した方が早くないか？　密室だし、殺虫剤が効くだろ？」

クリストフの提案にロアは首を横に振る。確かに殺虫剤も持っているが、今は使えない。

「それは天井にいる虫の死骸《しがい》が降ってくるのでおすすめできないかな。昔に洞窟でやって、ひどい目にあったことがあるので……」

「たくさんの虫の死骸が降ってくる……」

コルネリアが青い顔をしている。コルネリアは特に虫嫌いではないが、それでも大量の虫が降ってくるのは気持ちのいいものではない。生理的嫌悪はどうしてもぬぐい切れないのだろう。小さな物音がする度《たび》に、そちらに視線を向けて警戒していた。

クリストフは、縄状の虫除けを適当な大きさに切り分けてから火をつけると、周囲の何カ所かに配置した。種火のようにゆっくりと燃える虫除けからは白い煙がのぼり、清涼感《せいりょうかん》のある香りが漂《ただよ》い始める。

それと同時に闇がぞわりと動き、何かが波のように引いていくのをロアたちは感じた。

「……それにしても、可愛いもんだな」

怯えてロアに密着しているグリおじさんを見ながら、ディートリヒはニヤリと笑った。まるで図体だけが大きい甘えん坊の子供のようだ。

ロアはグリおじさんの頭を抱きかかえたまま、途切れなく首元を撫で続けており、双子も落ち着くように密着してあげている。

「そうね。ロアが時々、グリおじさん相手に子供を諭《さと》すみたいに話すのを変に思ってたけど、今なら分かる気がするわ」

「何度かこんな風になったのを見てますからね。数匹とか、虫除けを焚いて近づいてこないような状況なら我慢できるみたいですけどね。たくさんいると本当にダメみたいで。理由は教えてくれませんけど」

「へぇー。弱点ってわけね。怯えちゃって可愛い……」

コルネリアがそっとグリおじさんの背に触れる。

グリおじさんの身体がそれに反応して小さく震えた。

〈……触れるな〉

ピーピー鳴いていた声が止まる。

〈今、我に触れていいのは小僧と双子だけだ。許した覚えはないぞ〉

冷たい声。

空気すら凍りそうな声に、コルネリアは慌てて手を引っ込めた。

「グリおじさん。ちょっと落ち着いてきたみたいだね」

〈わ、我は、ずっと落ち着いているぞ！　ちょっと驚いただけだ！〉

「はいはい」

ポンポンとロアが首元を叩くと、グリおじさんは頭をロアの肩に乗せて、さらに身体を密着させた。

完全に甘える体勢になっている。双子が冷たい目を向けているが、気にする素振りすらなかった。

「プッ、いつも偉そうなこと言ってる癖に、子供かよ。虫が怖いよーーってか？」

〈殺すぞ？　触れるなと言っておるであろう？〉

笑いながらグリおじさんの背に乱暴に触れるディートリヒの手に、雷光が弾けた。

慌てて引っ込めたディートリヒの手は、無傷のようだ。

「あっ、ぶねぇな！　攻撃するなよ！」

〈我を侮辱《ぶじょく》したのだ。殺されたいのであろう？〉

グリおじさんがいつもの調子に戻ったことで、和《なご》やかな空気が流れ始めるのだった。


グリおじさんが大量の虫に怯えていた頃。

城塞迷宮《シタデルダンジョン》の外周部では騒ぎが起こっていた。

「何が！　何があったというの!?」

伯爵令嬢のアイリーンが悲痛な叫びを上げていた。

彼女たち城塞迷宮《シタデルダンジョン》調査団は、まだ城塞迷宮《シタデルダンジョン》の領域に留まっていた。

昨日、ロアたちが調査団と別れて出発した後に、今後の方針を決める会議がやっと行われたのだが、大揉めに揉めた。先に進むことを主張するアイリーンと、引き返して帰ることを主張する男性騎士筆頭のジョエルの主張が食い違ったためだった。

名誉だの何だのと曖昧な理由を並び立てるアイリーンと瑠璃唐草《ネモフィラ》騎士団の女性騎士たち、それに対して命を大事にして帰路に就きたいジョエルを筆頭とした者たちとで、言い争いに発展した。

以前のウサギの森の中での会議では、一度は引いたジョエルたちだったが、今回は引かなかった。

グリフォンの襲撃があったことで調査団としての目的は達成している。ここから先に進み、城塞迷宮《シタデルダンジョン》に向かう理由はない。さらわれた兵士のことは心残りだが、それもロアたち冒険者が救出に向かってくれているので、見捨てるというわけではない。

しかし、アイリーンたちは得体の知れない冒険者に救出を任せるなど、我々の名誉が傷付くと主張していた。

今まで、兵士など石ころか倒木程度にも気にかけていなかったのにもかかわらず、大切な仲間を救いに行くような口ぶりだった。

「わたくしの調査団の一団がさらわれたのです、わたくしたちが助けに行くのは当然です」

「バカなことを言わないでください。引き返すべきです！」

「わたくしは従いなさいと言っているのですよ？」

「しかし、今の状況では死にに行くのと同じです。せめて冒険者殿たちと同行するのであれば希望もあったのですが、すでに彼らは出発した後です。彼らに任せて我々は戻るべきです」

「下賤《げせん》な冒険者に任せるなどできません！　わたくしたちの名誉が傷付きます！」

こんな会話がひたすら繰り返されたのだった。

この会議が長引いたせいで、結局昨日は時間を無駄にしてしまい、野営した場所から動くことができなかったのだった。

幸い、ロアが魔獣除けの匂い袋と、不死者《アンデッド》除けの不思議な魔法薬をたっぷりと準備しておいてくれたおかげで、この場の安全は確保されていた。

逆に言えば、命の危険がないせいで早急な対応が必要なくなり、無駄に会議が長引いたとも言えるのだが……。

そしてそのまま一夜を過ごし、朝になってアイリーンの叫びが響いたのだった。

「なんだ！　何か起こったのか⁉」

騒ぎを聞きつけ、ジョエルが叫びが聞こえた場所に行くと、アイリーンが寝ている女騎士たちの前で泣き崩れていた。

寝ている……いや、寝かされている女騎士の人数は七人。瑠璃唐草《ネモフィラ》騎士団の女性騎士は九人だったので、半数以上にあたる。

寝かされている女騎士たちに外傷はなく、穏やかな表情をして眠っているとしか思えなかった。

しかし、アイリーンが泣き崩れていても、彼女たちの指先一つ動くことはない。

どう見ても、死んでいた。

「眠っていた姿のままで、冷たくなっていました」

近くにいた兵士の一人がジョエルに報告する。その報告の通り、彼女たちは眠ったまま死んでいたのだ。

昨夜、女騎士たちは見張りを兵士たちに任せて全員で眠った。普段なら彼女たちの中からも数人は夜の見張りに立っていたのだが、度重なる魔獣の襲撃で、彼女たちの精神も肉体も限界だったのだ。誰も責めることはできないだろう。

そして朝になり、気付いた時には、彼女たちの身体は冷たくなっていた。

「誰がやったの!?　貴方たち！　ちゃんと見張っていたの!?」

アイリーンが周囲にいる、見張りをしていた兵士たちを睨《にら》みつけて怒鳴った。その目からは涙が溢れている。とても責任のある立場の人間には見えない。それどころか、騎士にあるまじき態度だ。戦場で戦死者が出るのは当然のことだ。いちいち上官が取り乱していては成り立たない。ましてや、冷静な判断をせずに泣きわめくなど許されることではない。

ジョエルと兵士たちは返答に詰まり、困ったように彼女を見つめた。

当然ながら、兵士たちは手を抜くことなく見張っていた。

ロアのおかげで安全になっているとはいえ、ここは城塞迷宮《シタデルダンジョン》の周辺地帯、死地と言われる気の抜けない場所である。

不死者《アンデッド》やグリフォンなどの襲撃を受け、皆それを嫌というほど理解させられている。手を抜くなど、どんな不真面目な者でもありえない。

もしありえるとすれば、なぜか未だに危険地帯だと理解し切れていないアイリーンくらいのものだろう。

「……不死者《アンデッド》……死霊《ゴースト》か魔術師死霊《リッチ》ではないでしょうか？」

沈黙が流れる中、そう発言したのは生き残った瑠璃唐草《ネモフィラ》騎士団の一人だった。

不死者《アンデッド》の中でも、死霊《ゴースト》やその上位種の魔術師死霊《リッチ》は実体を持っていない。姿を隠して襲ってくることは可能だ。

兵士がちゃんと見張りをしていて何者の接近にも気付かなかったのなら、その可能性が高い。それに死霊《ゴースト》や魔術師死霊《リッチ》は魂を吸い取ると言われている。傷一つなく眠ったまま亡くなった死体の状況にも合っていた。

この場にいた全員が、死霊《ゴースト》か魔術師死霊《リッチ》の仕業《しわざ》と言われ、納得した。

「死霊《ゴースト》……魔術師死霊《リッチ》……どうして、彼女たちだけが……」

アイリーンの呟きに、ジョエルは周囲に目を巡らせる。確かに被害にあったのは彼女たちだけのようだ。騒ぎになっているのもこの場所だけだし、他に寝たまま起きてこないような者もいないと見える。

ジョエルはこの不思議な状況に、首を捻った。

実のところ、彼女たちだけに被害が及んだのは、いや、彼女たち以外が被害を受けなかったのはロアのおかげだ。

ロアが、この不死者《アンデッド》が溢れる城塞迷宮《シタデルダンジョン》の周辺地帯に到着すると同時に振る舞った、即死回避の魔法薬入りのスープが、彼らの命を救ったのだった。

女騎士たちの死因は、即死魔法だ。

グリおじさんと戦った大魔術師死霊《グレーターリッチ》が、最後に存在を懸けて放った強力な即死魔法の残滓《ざんし》がここまで届いたものだった。

かなり距離があるため、本当に残滓というべき弱い即死魔法だったが、度重なる魔獣の襲撃で心と身体が弱っていた者たちに効果が出てしまったのだ。

即死回避の魔法薬入りのスープは、アイリーンをはじめとして瑠璃唐草《ネモフィラ》騎士団の全員が飲んでいない。その中でも三人が生き残っているのは、元々の精神力と体力に差があったせいだ。

アイリーンはそれほど強くはないが、『戦闘薬』のおかげで、生き残っていた。戦闘薬は気分を高揚させて恐怖を忘れさせる、精神力強化の効果があった。

万能感から無謀な行動をして自滅するという副作用があるため禁止されている薬物だが、最前線の戦場で配られるだけあって、その効果は高い。アイリーンの精神を強化し、即死魔法を回避するのに十分だった。

調査団の中には死んだ者たちより疲弊《ひへい》している者も多く、ロアがスープを飲ませてくれていなかったら、今頃は大半の人間が死んでいたことだろう。

「…………ゆるさない」

アイリーンが吐き出すように言う。

「は？」

ジョエルは思わず聞き返してしまった。

「許さないわ！　こんな理不尽《りふじん》、許されるはずがない！　彼女たちの恨みを晴らすわ！」

「いや、なにをいったい？」

許さないとは？　ジョエルや周囲の者たちは呆然とアイリーンを見つめる。

「敵《かたき》を討つわ！　彼女たちの無念を晴らすの！　城塞迷宮《シタデルダンジョン》に向かうわよ！」

「はあぁ？」

敵討ち？　無念を晴らす？

調査団員は、様々な理由で処分対象にされた者ばかりだが、それでも騎士や兵士としての教育を受けている。私怨《しえん》で行動することは、以《もっ》ての外だと最初に教えられる。

私怨は、軍の規律を乱し、仲間の命どころか国民までをも危険に晒《さら》す。騎士や兵士の武力は、守るべき国民のために振るうものだ。私を殺し、公《おおやけ》のために生きるのが騎士であり兵士だ。

そういう教育が行き届いていない一介の兵士が言い出すならともかく、騎士団を率いている者がする発言ではない。

それに城塞迷宮《シタデルダンジョン》に何の関係があるというのだろう？　女騎士たちを殺した死霊《ゴースト》や魔術師死霊《リッチ》がそこにいるとでも言うのだろうか？　死霊《ゴースト》や魔術師死霊《リッチ》が関わっているというのは推測に過ぎず、確定したわけでもない。そんな不確かな情報で命を懸《か》けるというのだろうか？

「出発の準備を！」

皆が呆気に取られる中、アイリーンは声高らかに宣言した。

「待て！　待ってくれ!!」

慌てて、ジョエルは叫んだ。

「何を！　団長命令を遮るのですか!!」

声の方を見ると、生き残った女騎士の一人、イヴリンが鬼人《きじん》のような形相《ぎょうそう》で立っていた。彼女もアイリーンと同じように泣いていたのか、目は赤く、頬に涙の跡が残っている。剣に手をかけ、今にも抜き放ちそうな勢いだ。

「部隊全てを殺すおつもりですか！」

「貴方はどうしてそうも消極的な意見ばかりするのです。まるで私たちの足を引っ張ろうとしているようではないですか！」

「私は、この調査団全員が生き残り、帰り着けるように考えているだけです！」

「我々は命を懸けるのが仕事ですよ！」

「私たちの使命は、国民を守ることです！　無駄死には許されないと言っているのです‼　私も、これが守るべき者たちのための戦いであるなら、臆《おく》したりしません！」

「兵士が一人さらわれているではないですか！　彼もまた、大切な国民であることには変わりないでしょう？」

ジョエルとイヴリンの激しい言い合いが続く。

イヴリンはなおも剣に手をかけている。辛《かろ》うじてジョエルが武力に訴えようとしないおかげで、斬り合いに発展していないだけだ。それも何か切っ掛けがあれば崩れるだろう。

張り詰めた雰囲気に、兵士たちは冷や汗をかきながら様子を見守っていた。

「臆病者《おくびょうもの》‼」

イヴリンが言い放った。

その瞬間に、ジョエルの雰囲気が変わる。叩きつけられた侮辱の言葉に顔を真っ赤に染め、開かれた手は、今にも剣の柄《つか》に伸びようとしていた。

しかし、ジョエルはその手が白くなるほどに固く握りしめると、大きく息を吸った。

「では、お好きになさってください。分かれて行動しましょう」

吸った息を吐き出すと共に、ジョエルはイヴリンを真っ直ぐに見つめた。自分は貴様とは違って自制できる人間だと、見せつけるように。

「貴様！　離反を！！？」

「いえ！　違います。あくまでただの別行動です。互いの意見を尊重した折衷案《せっちゅうあん》に過ぎません。私はあくまで、主である伯爵様の命令に従って行動します」

暗《あん》にアイリーンたちに従うつもりはないと言いながら、今にも斬りかかってきそうなイヴリンを視線と気迫で抑える。

「すでにグリフォンをこの地で確認できたことで、調査団に下されていた命令は果たしております。それ以上は命令に含まれない行動ですので、分かれて行動しても咎《とが》められることはないでしょう。むしろ、速《すみ》やかに帰還しないことで情報を持ち帰れなかった場合の方が、問題になります」

それは軍規違反ギリギリの提案だった。調査団の団長であるアイリーンの言葉に従わず、別行動をしようということだから。

しかし、最初に主である伯爵の存在をちらつかせ、帰還できない方が問題であると言ってしまえば、イヴリンに反論できるはずがなかった。

「無理に調査団全員を連れて行っても、やる気のない者たちでは足手纏《まと》いになるだけでしょう。有志を募《つの》り、その者たちと行かれる方が効率も良いのではないですか？」

「くっ……」

イヴリンは悔しげに唇を噛んだ。まだ潤《うる》んでいる瞳でジョエルを睨みつける。

ジョエルも負けじと目を逸らさない。今が正念場《しょうねんば》だ。アイリーンとイヴリンの意見を通してしまえば、そこに待つのは死だ。

たとえこの調査団の団長であるアイリーンに逆らい、軍規違反で処分されても、降格かクビくらいのものだろう。だが、アイリーンたちに従った場合は、魔獣に蹂躙《じゅうりん》され殺される未来しかない。もう、この調査団を守ってくれていたロアも、グリフォンもいないのだから。

「……それでかまわないわ！」

震える声を上げたのは、アイリーンだった。

周囲で事の成り行きを見守っていた者たちは、ホッと安堵《あんど》の息を吐く。これで無謀な行動に付き合う必要はなくなった。

「ですが、領地にまで戻った後で、あなたたちは罰します！　これは団長であるわたくしに対しての裏切り行為です。処罰は必要です！」

威勢のいい言葉だったが、その言葉を聞いて誰もが「アンタが生きてればな」と頭の中で反論した。

運良く生きて帰れる状況になったのに、再び死にに行こうとしているアイリーンに対して、可哀《かわい》そうなものを見る視線を向けている者も多い。誰もがアイリーンの死を確信していた。見栄《みば》えだけの騎士が生き残れるとは思えない。

「わたくしについて来れば栄光が得られるのですよ！　栄光を得たい者はついて来なさい！　臆病者は、この男に従って逃げ帰るといいわ！」

周囲の兵士たちを睨みながら、アイリーンは視線を這わす。まるで負け惜しみのような言葉だが、彼女の瞳は澄《す》み、希望に溢れていた。本心から、栄光が得られると思っているようだ。

まるで夢を見る乙女のように、その目は現在の状況ではなく、成功する未来にだけ向けられていた。迷いはない。

殺された仲間の敵討ち。

それは美しい物語だ。実にアイリーン好みの展開であり、彼女を酔わせるのには十分だった。

そして、アイリーンはマントを大きく翻《ひるがえ》して、生き残った女騎士たちと共にその場を立ち去ったのだった。

「……我々は帰るぞ！　準備をしろ!!」

アイリーンが立ち去った方向を見つめながら、ジョエルは宣言する。

兵士たちはそれに歓声で応えた。この場所から生きて帰れる。それは奇跡だ。

この調査団に配属され、街を出た時は誰もが死を覚悟して落ち込んでいた。だが、城塞迷宮《シタデルダンジョン》に行って、帰ってきたとなれば、それだけで英雄扱いされるだろう。今までその偉業《いぎょう》を成し遂《と》げた人物は数えるほどしかいないのだから。

盛り上がる中、ジョエルだけは浮かない顔をしていた。

「不自然だな」

まるで操られているようだとジョエルは思う。

アイリーンの考えは、誰かに誘導されているのではないか？　そう思わずにはいられない。死霊《ゴースト》や魔術師死霊《リッチ》に殺されたと聞いて、なぜ城塞迷宮《シタデルダンジョン》に向かうという考えになるのか？　事前に誰かに妙なことを吹き込まれていたのではないのか？

彼女は異様なほどに城塞迷宮《シタデルダンジョン》に行くことに拘《こだわ》っている。

付き従っているイヴリンも……いや、イヴリンこそ拘っているのか？　ジョエルはイヴリンの姿を思い浮かべる。

彼女はいつもアイリーンの傍らに控え、甲斐甲斐《かいがい》しく世話をしていた。その姿に違和感はなかったはずだ。

「ジョエル様！」

「あ、ああ、なんだ？」

兵士の一人から声を掛けられ、ジョエルは慌てて思考を切り替えた。

今は答えの出ないことを考えている場合ではない。今から引き返すのだ。またあのウサギのいた森を抜けないといけない。自分に従ってくれる者たちのために、やらないといけないことは山ほどある。

それにアイリーンたちのことを考えたところで、会う機会は二度と訪れないだろう。もし他者のことを考えるとするなら、冒険者たちのことを考えていた方がマシだ。彼らなら、生きて帰る可能性は高いだろう。

結局、アイリーンと共に行くことを決めたのは、瑠璃唐草《ネモフィラ》騎士団の生き残りの二人だけだった。

しばらくして、三人だけの騎士団が、馬に乗って城塞迷宮《シタデルダンジョン》へと出発したのだった。


〈小僧、本当に、もういないのだろうな?〉

「いないってば」

〈本当だな? チャラいの、お前も確認したのか?〉

「だからしたって言ってるだろ?」

チャラいのと呼ばれたクリストフは、相手をしていられないとばかりに、グリおじさんの方を見もせずに答える。

〈本当に……〉

「グリおじさん、しつこい!」

ロアに怒鳴られ、グリおじさんは納得いかないながらも口を閉じた。

ここは城塞迷宮《シタデルダンジョン》の中心部。塔になっている部分の中だ。

侵入した巨大な地下室から出てからずっと、グリおじさんはこの調子でロアたちに確認を繰り返していた。よほど虫だらけだったのが応えたらしい。

ロアたちはすでに地下部分を抜け、地上部分の一階に入っていた。所々に開いている窓からは自然光が差し込んでいる。巧《たく》みに計算されているのだろう、分厚い壁に囲まれた室内なのに光の魔法も必要なく、差し込む光だけで明るい。

覆いがなくなっている窓から風で入り込んだのか、床には薄く土が積もっており、草が所々生えていることもあって、室内というよりは屋外の小路《こみち》のような印象になっていた。さすがに地下のように多数の虫が蠢《うごめ》いているということはないだろう。

それでもグリおじさんは、前を歩くロアの背中にピッタリと身体を押し付けながら歩いていた。まだどこか怯えた様子があり、時々キョロキョロと周囲を見回している。

「そんなに気になるなら自分で確認すれ……」

〈それは嫌だ！〉

ロアの言葉を最後まで言わせない勢いで拒絶する。

グリおじさんであれば周囲の虫の有無の確認など、魔法を使って息をするようにできる。それをしないのは、グリおじさん自身が、本当に虫がいない場所など存在しないのを知っているからだ。

虫はこの世界のどこにでもいる。

表面的にいないように見えても、壁や床板の隙間などの見えない場所にいたりする。それを分かっているからこそ、虫を対象とした探知系の魔法を自分で使おうとはしない。

使ってしまったが最後、必ず虫を感知してしまって動けなくなるのが分かっているのだ。

だからこそ、ロアや探知の魔法を得意としているクリストフに虫はいないと言ってもらい、自分に言い聞かせるようにしていた。

要するに、自己欺瞞《ぎまん》だ。

信頼しているロアの言葉で、自分自身に暗示をかけているだけだった。

「腰抜け……」

ディートリヒに背後から小さく呟かれ、グリおじさんが睨みつける。いつもであれば言い返すところだろうが、今の状況では分が悪いのを理解しているのだろう、睨むだけだ。

今、ロアたちは上の階に向かうための階段を目指して歩いていた。

先頭がクリストフと双子の魔狼で、殿《しんがり》がディートリヒとコルネリアだ。ロアとグリおじさん、ベルンハルトはその間に挟まれている。

「本当にこの道でいいんだろうな？　怯えてて間違えたとかシャレにならねーぞ」

〈たぶんと言ったはずだぞ。こんな下位層に我は入ったことがないからな〉

「役立たず」

〈殺すぞ！〉

ロアたちはグリおじさんの曖昧な道案内と、クリストフの探知魔法で進んでいた。

この城塞迷宮《シタデルダンジョン》はその名の通り、戦いのための城塞だ。内部に侵入されても、簡単に重要部分がある上部には登れなくなっている。

そのため、上がるための階段は、一階ごとに離れた場所に配置されていた。通路も簡易的であるものの迷路状になっている。

普段の生活に影響ない程度に抑えられているが、攻め込む側が焦っていれば迷うくらいには入り組んでいた。

「ばう！」

「ばう！」

いくつか角を曲がったあたりで、双子が吠《ほ》えた。

〈もうすぐ犬が来るらしいぞ〉

グリおじさんが双子の声を翻訳して伝える。まだ自分自身で索敵する気はないらしい。その言葉に、全員が立ち止まった。

〈犬は……人の言葉で何と言ったか……メインドッグだったか？　他の魔獣の食べ残しを狙うせこ

いやつだ。昔は地下にいたのだがな……それが三匹来るらしい〉

鬣犬《メインドッグ》は犬型の魔獣だ。

『死肉《しにく》荒らし』とも言われ、小規模の群れで行動する。死体の骨を噛み砕くために顎は強いが、それ以外は大して強くない魔獣だった。大きさは双子の魔狼より少し大きいくらいだろうか。

「鬣犬《メインドッグ》か。ロアでも戦える相手だな」

クリストフが呟くのを聞いて、ディートリヒがわずかに考える。そして……。

「ロア、戦ってみるか？」

と、ロアに向かって問いかけた。ロアにとっていい経験になると思ったのだ。

グリおじさんや望郷と訓練を始めてから、ロアは魔獣との戦いを経験していない。

ウサギの森でのピョンちゃんとの戦いがあるが、あれは本気の戦いではなかったし例外だろう。不死者《アンデッド》などはロア自身が「駆除」と言っていた通り戦いではなく、動く骸骨巨人《ギガントスケルトン》の時も足止めにネバネバの液体を準備しただけで何もしていない。

ロアははっきり言って弱い。

だからこそ、安全に戦いを経験できる魔獣というのは貴重だった。

「もちろん、オレたちが補助に入って一匹ずつ戦えるようにする。どうする？」

言われたロアは少しだけ戸惑ったものの、すぐに大きく頷いた。

「戦いま……」

〈いや、我がやろう!!〉

口を挟んだのはグリおじさんだ。

「はあ？　何言ってんだ？　ロアに実戦経験積ませるいい機会だろ！」

〈我がやってやると言ってるのだ！〉

「あんただって前に、ロアには実戦が必要だとか言ってただろ！　いい機会じゃないか！」

〈……〉

「おい！」

ディートリヒは叫ぶが、グリおじさんは無視だ。すでに周囲で風が流れ始め、魔法の準備が始まっているらしい。

「これは……風？　いや、炎？　しかしまだ姿も見えていないのに……」

ベルンハルトの声が響く。

鬣犬《メインドッグ》は双子の魔狼が気が付いただけで、まだクリストフの探知範囲に入っていないほど遠くにいる。いきなり魔法を放つのは悪手だろう。

しかも、今のグリおじさんは索敵すらしていないのだ。狙いようもない。

「グリおじさん、なんかやたら大きい魔力を込めてない？」

〈……〉

ロアの問いかけにも答えない。双子の魔狼も、グリおじさんの突然の行動に首を傾げている。

〈行け!〉

瞬間、ロアたちの視界は真っ赤に染まった。

「目が!」

「何やりやがった陰険グリフォン!!」

「きゃっ!」

「うぉ……」

「ばう!」

「ばううう!」

「おおおおお!!　これは!　なんという威力!!」

「グリおじさん!　何を!」

周囲に満ちたのは炎だ。

グリおじさん以外の全員が咄嗟《とっさ》に腕で頭を庇《かば》い、身を守る。しかし、グリおじさんがしっかりと周囲に防御の魔法を施していたらしく、ロアたちの周りだけは炎も熱も届くことはなかった。

〈ふはははははは!　燃えろ!　不愉快なものは全て燃えるがいい!　全て焼き尽くせ!!〉

轟々《ごうごう》と渦巻く炎の音に、グリおじさんの高笑いが混ざる。

「これは、風の魔法で炎の魔法を広範囲に拡散している？　いったいどこまで……」

ベルンハルトが目を輝かせながら、燃え盛る炎を見つめていた。興奮し過ぎて頬を赤く染めており、整った顔と相まって恋する女性のようだ。

「……ひょっとして、グリおじさんは周りの虫を全部焼き殺すつもりじゃ……」

ロアが呟いた言葉に、ベルンハルト以外の目が高笑いをしているグリおじさんに集まった。

全員が疑いの目だ。

特に双子など、完全に軽蔑《けいべつ》した視線になっていた。

〈む。そんなことをするわけがないであろう！　犬っころを狙った魔法がたまたま遠くまで広がっただけだ！　虫など関係ない！　全てを焼き尽くしたのもたまたまだ!!〉

「へー……」

〈たまたまだぞ!!〉

グリおじさんの言い訳を信じる者は、誰もいなかった。

焼け焦げた壁、床、天井がどこまでも続いている。

壁面は魔法を無効化する加工がされており、床や天井も石造りのため焦げるだけで済んだが、もし木製の建材を使っていたら城塞ごと焼け落ちていただろう。すでにグリおじさんの風の魔法で冷やされているが、とんでもない高熱で焼かれたことが見て取れた。

その中を、ロアたちは進んでいた。

「……グリおじさん、ここ何階？」

〈じゅ……十五階だな……〉

「ふーん」

ロアから白い目を向けられ、グリおじさんは項垂《うなだ》れて歩いている。頭の飾り羽根も元気がない。

ロアも一緒に上っているのだから、何階まで上がったかは理解している。それなのにわざわざ質問しているのは、グリおじさんを責めるためだった。

「この階も真っ黒だねぇ」

〈そ、そうだな〉

「あ、また炭になった死骸が床に落ちてる。あれは何の魔獣だったのかな？　いい素材が採れたんだろうねぇ」

〈……〉

ロアも二、三階上ったあたりまでは普通だった。「結構上まで燃えてるね」などと優しく言う余裕があった。虫嫌いなのだから、極端な行動に出ても仕方ないと思っていたのだ。

それが五階を超えたあたりから、大きくため息をつき始め、十階を超えてから嫌味を言うようになったのである。

理由は素材だ。

「珍しい魔獣だったんじゃないかなぁ？」

〈……〉

骨まで焦げているような死骸でも、残っている部分の形状から、ロアはある程度はどんな魔獣だったか推測できる。転がっている黒焦げの死骸の中に、見たことがないものがいくつか交ざっていたのである。

それに気付いてから、段々と不機嫌になっていったのだった。

「さっきから、オレたち歩いてるだけだね」

ロアは怒鳴ることはない。本気で腹を立てている時は静かに怒るタイプだ。

「魔獣にもまったく出会わないから、通路を歩いて、階段見つけたら上るのを繰り返してるだけだね。これじゃ、グリおじさんの大好きな鍛錬もできないね。散歩してるようなもんだね」

〈……歩くのも鍛錬になると思うぞ？〉

そもそも、ロアは感情を表に出すことは少ない。ほとんど無意識に本心を抑え込み、当たり障《さわ》りのない態度をとる癖がついていた。

勇者パーティーだった『暁の光』で万能職として働き続けた間に、いつの間にかそうなってしまっていた。

怒鳴られたり、殴られたり、馬鹿にされたりした時に、怒りや不満、悲しみの感情を表に出すとさらに追撃を食らうことになる。そのために本心を隠す癖がついてしまっていた。

ただ、そんなロアが本音で接しているのが、従魔たちだ。

それは家族に対しての信頼と甘えに似ていた。だからこそ、グリおじさん相手ならこうやって怒るし、不満を態度にも口にも出すのだった。

「……なあ、もう許してやれよ……」

ディートリヒが声を掛ける。さすがに見ていて居たたまれなくなってきたのだ。

ディートリヒも最初は、グリおじさんが萎縮《いしゅく》しているのを見てざまを見ろと笑っていた。ロアが自分たちの前で感情的になるのは珍しいので、歓迎すらしていた。

しかし、段々と重くなってくる空気に耐え切れなくなったのだった。グリおじさんは確かにやり過ぎたが、嫌いな虫を大量に見たのだから仕方ないだろう。ロアや望郷のメンバーに被害がないように配慮していたようだし、結果的に城塞迷宮《シタデルダンジョン》の凶悪な魔獣と戦わずに済んでいる。

いつもの質《たち》の悪いイタズラに比べたら、無害と言ってもいい。

なのに本気で凹《へこ》まされているのは、可哀そうになってきた。

今の雰囲気が、いつも自分がクリストフやコルネリアに怒られている時に似ているのも、耐えられなくなった理由の一つなのだが。

「え？　何を許すんです？　オレ、怒ってませんよ？」

そう言ってニッコリとしたロアの目は、まったく笑っていなかった。

めんどくせぇな、こいつ！　と思いながら、ディートリヒは近くにいたクリストフの腹を肘《ひじ》でつつく。そしてアイコンタクトでお前も宥めろと指示を出した。

「え？　オレ？」

自分に振られると思っていなかったクリストフは、ちょうどこちらに目を向けていたコルネリアに視線で助けを求めた。

「……」

コルネリアは無言で首を横に振った。クリストフはさらにベルンハルトの方を見るが、サッと目を逸らされる。

双子は……最初から関わらないように、距離を開けて先行していた。明らかに今の状況を予測しての行動だ。あの二匹は本当に要領《ようりょう》がいい。

グリおじさんに目を向けると、こちらはこちらで、助けてくれと懇願《こんがん》するような視線を向けてきていた。グリおじさんに頼られる日が来るとは思っていなかったが、よほど切羽詰まっているらしい。

普段なら絶対強者に自分を認めてもらえたと喜ぶところだろうが、今のクリストフは退路を断たれた気持ちになった。

ロアは穏やかに見えて、かなり頑固だ。

これはもう従魔たちと望郷のメンバー共通の認識である。

そんな彼が「怒ってない」と言っているのだから、何を言っても認めないだろう。こうなっては、許してやれと説得できるとは思えない。

「そ、そういや、気になってたんだけど！」

結局、クリストフは話題を変えて、少しでも重い空気をなくすことにした。

「えっと、そのだな……グリおじさんは、昔はここの主だったってことでいいのか？」

とっさに良い話題が思いつかず、気になるが今まで聞けなかったことを口走ってしまった。

クリストフは意図的にこの話題を今まで避けていた。周囲の誰も口に出さないし、聞いてはいけないような気分になっていたのだ。

それに、万能職の少年の従魔になっている目の前のグリフォンが、最凶最悪の城塞迷宮《シタデルダンジョン》の主などと言われても、どう反応していいか分からなかったからだ。

「そんなの、こいつが古巣って言った時点で分かるだろ。力で従えられるやつじゃないぞ」

「え、グリおじさんは主ですよね？」

「主でしょ？」

「究極の魔法を操りになるグリおじさん様が主以外にあり得ない！」

グリおじさんが答えるより先に、その場にいる全員が答えた。いまさら何を言ってるんだと言いたげだ。

今まで話題にならなかったのは、誰もが疑うことなく、グリおじさんがここの主だと思っていたかららしい。クリストフもそうだろうとは予測していたが、これほどまでに自信満々に言い切られるとは思っていなかった。

「それで横暴過ぎて他のグリフォンに反乱を起こされて、追い出されたんだろ？」

「グリおじさんのことだから、思わせぶりな態度をしてるだけで、とんでもなくつまらない理由で飛び出したんだと思いますよ」

「珍しい物が食べたくなったとかじゃないかしら？」

「究極の魔法を求めて旅立たれたのだ!!」

さらにはそれぞれ好き勝手に、出ていった理由を想像していたらしい。様々な思い付きを話す面々を尻目に、クリストフはなぜかグリおじさんに恨みの籠った目で睨まれていた。

重い空気はなくなったが、振った話題が悪かったらしい。

威圧はされていないが、その視線に耐え切れず、クリストフは目を逸らして顔を引きつらせた。

〈……そろそろ階段が見えてくるぞ。ただ……〉

急にクリストフから視線を外し、グリおじさんが呟く。

「ただ？」

疑問の声を上げたのはロアだ。先ほどまでの不機嫌な感じはなく、そのことに安心してグリおじさんの表情は緩んだ。

〈閉鎖されておるな。このような仕掛けがあったのか？〉

階段の所にたどり着くと、本来は上の階に繋がっているはずの部分が、金属の板で塞がれていた。

それをクリストフが調べたところ、急ごしらえで蓋《ふた》をしたわけではなく、元々そういった仕掛けだったらしい。グリおじさんの話によれば、ここより上は軍の上級士官用の設備がある。重要部分として、下から攻めてくる敵に侵入させないための仕掛けだろう。

そして、この建物は地上二十階建て。

ここから上の五階分と屋上が城塞迷宮《シタデルダンジョン》の本当の主たち、翼がある魔獣の本陣だ。

〈一気に穴を開けるぞ！〉

塞いでいるのはただの鉄板だ。かなり厚みがあって、ディートリヒとクリストフが二人がかりで動かそうとしてもびくともしなかった。

防衛設備だと考えると、人の手で動くようなものではないだろう。上階から何らかの道具を使って開閉するようになっていると考えるのが自然だ。鍵や閂《かんぬき》で封鎖されている可能性もある。

しかし、グリおじさんの魔法であれば穴を開けることは容易い。

だが、他の問題があった。城塞迷宮《シタデルダンジョン》の魔法防御の効果か、グリおじさんでも、ここより上の部分の索敵が上手くできずにいた。どのような魔獣が待ちかまえているか分からない。

〈我が穴を開けると同時に、下僕よ、お前が魔法を打ち込むのだぞ？　役目を譲ってやるのだ、ちゃんとこなしてみせよ〉

「もちろんです！　グリおじさん様！　命をかけて果たしてみせます!!」

索敵ができないため、穴を開けると同時に、とりあえずの安全確保に魔法を打ち込もうということになった。

グリおじさんがやれば手っ取り早いが、十五階までの全てを焼き尽くした前科があるために、別の人間がやることになったのだ。偉そうに言ってはいるが、別にグリおじさんが譲ったわけではない。話し合いの結果だ。

グリおじさんはいつの間にかベルンハルトのことを「下僕」と呼んでいる。

もう誰も指摘する気になれないが、ベルンハルト本人は言われて嬉しそうにしている。その姿はどう見ても下僕だった。

シュウと音を立て、グリおじさんの土魔法で鉄の蓋に穴が開く。

それと同時にベルンハルトの雷撃の魔法が飛んだ。

「……手応えはない」

「待ち伏せはされてなかったようだな」

ベルンハルトも手応えは感じず、穴が開いたことで使えるようになったクリストフの探知魔法にも反応はない。

「とっくにオレたちが入り込んでるのに気付いてると思うんだがなぁ」

「グリおじさんが派手にやらかしましたからね」

ディートリヒの呟きに、ロアが重ねる。ロアの言葉にはまだ若干のトゲがあった。

ロアは勢いでグリおじさんを責めているが、ロアたち全員、最初から侵入に気付かれている前提で行動していた。

城塞迷宮《シタデルダンジョン》周辺にグリおじさんが来た時点で、グリフォンたちが気付いて攻撃してきたのだから、近くまで来ているのに気付かれていないわけがない。

それなのにまだこの迷宮の主たちが、明確な防衛行動に出てこないのが不気味だった。

〈甘いぞ〉

「ばう！」

「ばう！」

グリおじさんと双子の魔狼の声が重なった瞬間に、穴から黒い影が飛び出す。それは疾風《しっぷう》のごとく、魔法を撃つために前に出ていたベルンハルトに向かって行く。

ギュギッと、短い悲鳴が響き渡った。

〈ほう、コウモリか。とりあえずは、この二匹だけだな。我が雷撃を得意としていたのを覚えていて、耐性のあるやつを配置したか。下僕よ、雷と風の魔法は避けた方が良さそうだぞ。耐性があるものをそろえられている可能性がある〉

影を仕留めたのは双子だ。

一匹ずつ、大きな翼のある魔獣を踏みつけて押さえている。ジタバタと動く広げられた翼は、ロアの身長くらいある。

雷光蝙蝠《サンダーバット》。雷光のように素早く飛び、小さな雷で人間を麻痺《まひ》させる。

その特殊な皮膚《ひふ》と素早さゆえ、探知魔法には引っかかりにくく、気付いた時には襲われている厄介な魔獣だった。

ただ、その動きは直線的なため、事前に探知し、予測さえしっかりできれば、速度で劣る双子であっても今のように捕まえることができる。

〈気を引き締めよ。稚拙な魔法に頼っているとすぐに殺されるぞ？〉

双子は雷光蝙蝠《サンダーバット》の頭に一撃魔法を放ち、トドメを刺す。そして、ロアたちの下に歩いていくと、ベルンハルトとクリストフの太ももあたりを前足で軽く叩いた。

しっかりしたまえ、君たち！　と言っているようだ。

そのままロアの所に行くと、二匹して身体をこすり付けて褒めろと強請《ねだ》るのだった。

〈小僧、目で追うのではない、翼の動きで予測するのだ〉

「え、でも、速くて⁉」

〈襲ってくる魔獣は必ず狙っているものがある。それを考え、そこに至る経路を考えろ。羽ばたきの状態を見ろ。ウサギたちの意表を突いた動きに比べれば、はるかに分かりやすいぞ。基本は普通の獣や人間と変わらぬ〉

グリおじさんに指導されながら、ロアは鳥型の魔獣を迎え撃っていた。

鉄板を越えた先……十六階には雷光蝙蝠《サンダーバット》しかいなかったため、すでに十七階に上がっている。階段が鉄板で蓋をされていたことで、当然ながらグリおじさんの魔法の余波も届いておらず、通路もそれに面する部屋も焼け焦げていない。

もちろん、住処としている魔獣たちも無傷で存在していた。

ロアが相手しているのは混乱烏《ネヴァン》が一羽。大型のカラスの魔獣である。

魔法で混乱と恐怖を与え、同士討ちを引き起こす厄介な魔獣だ。軍隊ですら壊滅させるだけの能力を持っている。ただ、その魔法が厄介なだけで、攻撃力自体は普通の鳥型の魔獣と変わらず高くない。

ロアはグリおじさんと従魔契約してから、精神操作系の魔法への耐性が高くなっており、混乱鳥《ネヴァン》の魔法はまったく効かなかった。

そのため、初めて相手をする鳥の魔獣としては最適だと、一人で相手をすることになったのだった。

望郷のメンバーは同士討ちさせられないように、少し離れて見ていた。彼らならそう簡単には混乱させられないだろうが、一応、念のためである。混乱鳥《ネヴァン》は本当なら、それほどに危険のある魔獣だった。

〈来るぞ。どこを狙われているか考えて迎撃せよ〉

「目!?」

ロアは自分の頭部目掛けて滑空《かっくう》してくる混乱鳥《ネヴァン》にナイフを振るった。

〈そう、目だ。鳥は目を狙うものが多い。人間でも魔獣でも目を潰せば戦力は一気に低下するからな。しかも敵を確認するために必ず晒《さら》していないといけない、相手にとって狙いやすい場所だ〉

ナイフは見事に混乱鳥《ネヴァン》の片方の翼を傷付け、その動きは鈍くなる。怯《ひる》んで動きが悪くなったところに、さらに翼を斬り付け、落下させてからトドメを刺した。

「やった！」

〈油断するなよ。敵を倒した時が一番油断する。そこを横から狙う連中も多いぞ〉

厳しいことを言っているが、グリおじさんも満足げだ。

ロアは仕留めた混乱鳥《ネヴァン》を魔法の鞄《マジックバッグ》に放り込んだ。混乱鳥《ネヴァン》の肉は臭くて食べられないので、血抜きをする必要もない。利用できるのは羽根だけだ。

「終わったみたいだな」

「動きが良くなってたよ。旅の途中で何かあった？」

ディートリヒとコルネリアが声を掛けてくる。特にコルネリアは、ずっとロアに指導していたこともあって、戦いでの動きが気になったようだ。

「……特に何もないと思いますけど……」

そう言いながらも、ロアの脳裏に浮かんでいたのは、翼兎《ウイングラビット》のピョンちゃんの姿だった。特に何かを指導してもらったわけではないし、短い時間でしかなかったが、ピョンちゃんと戦った経験から得られたものは大きい。

戦いに対して一つの目安ができたように感じるのだ。

戦いの最中でも「ピョンちゃんより動きが単純」だとか「ピョンちゃんより遅い」と考えながら

行動すると冷静になれる。

ただ、グリおじさんが不機嫌になるのは分かり切っているので、そのことは一切、口に出すわけにはいかない。

「ばう！」

「ばう！」

〈次が来たぞ。またコウモリだな。先ほどより……ふむ、得意な属性が違うやつだぞ。下僕の雷撃でも倒せるだろう〉

双子の魔狼とグリおじさんが同時に同じ方向を指す。あの鉄板を越えてからは、索敵も今まで通りに戻っている。

「よし！　それじゃ、オレたちの出番だな」

ディートリヒが腰の剣を抜いた。ミスリルの剣ではなく、鍛冶師ブルーノに打ってもらったミスリルの線の入った剣だった。

ディートリヒは両の腰に一本ずつ剣を下げて、状況によって使い分けるようにしていた。今は新しい武器に慣れるため、どちらの剣でもかまわない状況なら、優先的にブルーノに打ってもらった剣を使うようにしている。

これはディートリヒだけではなく他のメンバーも同じで、クリストフは新しい剣だけを腰に下げているし、背中に隠すように暗殺者刀《アサシンナイフ》を装備している。コルネリアも今の主武器は巨大な戦槌《ウォーハンマー》だ。

「オレも感知できた。三匹だな。速度はそれほど速くないな。同じコウモリでも別種だろう」

クリストフも剣を抜きながら、戦うための位置取りをする。

〈小僧の教育のためにも、無様《ぶざま》な姿を見せるなよ？〉

「誰に言ってんだよ？　陰険グリフォン！」

〈カラスに怯えて隠れておった臆病者が〉

「あれの混乱はオレたちじゃ抵抗し切れない、って言ったのはアンタだろ!!」

グリおじさんと言い合っているが、ディートリヒは剣をかまえたままで視線を外さない。油断しているわけではなく、緊張をほぐすための軽口だった。

ほどなくして、通路の先から向かってくるコウモリの魔獣が視界に入る。

「カエルじゃねーか！」

〈いや、あれはコウモリだ〉

ディートリヒの声にグリおじさんが反論するが、その姿はどう見ても大型のカエルだった。人間の頭くらいの大きさで、その背にコウモリの翼が生えている。全体的に緑色で、ヨタヨタと飛ぶ姿はどことなく愛嬌《あいきょう》があった。

「どう見てもカエルだろ」

〈翼があるのだ、コウモリだ。毒液を吐き出してくるからな、寝坊助は口を開けて待つがいい〉

「オレに毒を食らえってか⁉　よっと！」

ディートリヒが斬り付ける。

空を飛ぶ魔獣の場合、盾役はあまり役に立たない。そのため、動きやすいディートリヒが真っ先に動いた。

あっさりとその剣は、カエルのようなコウモリの翼を斬り裂いた。その瞬間に、カエルの口から粘ついた毒液がディートリヒに向かって吐き出されるが、難なく避ける。

「……あれの毒ってカエルの毒なのかな？」

余裕があるのを見て、ロアも呑気にそんな呟きを漏らした。

カエルのようなコウモリは、ロアも望郷のメンバーも誰も見たことがない魔獣だった。もちろんどのような能力を持っているのかも知るはずがない。

毒と聞いてロアが興味を持つのも仕方ないだろう。毒は薬にもなるのだ。

「こっちはオレがやる」

「じゃ、私は残りの一匹ね」

役割分担をしてまで倒す魔獣ではないと判断し、クリストフとコルネリアも各個撃破に出た。

全身鎧《フルプレートアーマー》を着ているために最も動きの悪いコルネリアですら、毒を吐きながら空中から襲ってくるのを軽く避け、危なげなく倒していく。

毒は恐ろしいが、当たらなければ問題はない。望郷のメンバーは襲ってきた三匹をあっさりと倒してしまった。

「ロア、毒を取るんだろ?」

「はい!」

ロアが元気良く返事をし、カエルのようなコウモリの死骸に駆け寄ろうとした時だった。

〈敵を倒した時が一番油断すると言ったはずだぞ。注意を怠《おこた》るな〉

軽い忠告のように聞こえたが、そうではなかった。

その言葉と同時にグリおじさんは動いていた。

気付いた時には、グリおじさんはロアをかばうように回り込んでいた。

疾風と見紛うばかりの速さで、その風圧でロアの身体がよろめく。

よろめいたままロアは倒れかけ、気付いた時にはグリおじさんの翼に受け止められていた。

〈不意打ちは来ると分かっていれば簡単に防げるものだ。攻撃を仕掛ける時もまた、隙の多い瞬間だぞ。見つけたぞ!〉

ロアの頭に、パラパラと砂が落ちてくる。

ロアが頭上を見ると、巨大な円錐状《えんすいじょう》の鍾乳石《しょうにゅうせき》のようなものが多数、天井から伸びていた。

「……なに？　これ？」

突然現れた、頭上の鍾乳石。

数秒後に、ロアはそれが何者かの不意打ちの攻撃であることに気が付いた。

「グリおじさん！」

慌てて、グリおじさんに受け止められている身体を起こし、ロアは身構える。頭上の鍾乳石は見えない何かにせき止められ、砕け、砂となってロアに降り注ぐ。

攻撃を止めて砂にしたのは、グリおじさんの魔法だった。ロアはグリおじさんに助けられたのだ。

しかし、まだ次の攻撃があるかもしれない。ロアには呆《ほう》けている時間どころか、礼を言っている時間もなかった。

〈寝坊助！　そちらのトドメは任せる！　双子が動きを止めてくれるから適当にやれ！　我はこれを仕掛けている不届き者を仕置きする!!〉

「え？　お、おう？」

ロアもディートリヒも、望郷のメンバーの誰も状況を理解できていない。分かっているのは、不意打ちで攻撃を仕掛けられたということだけだ。

しかし、グリおじさんと双子の魔狼は事前に分かっていたかのような動きをしている。予測していたのだろう。

「わふ！」

「わふぅ！」

双子は望郷のメンバーの間を抜けるように走ると、何もない空間に飛び掛かった。

そのまま着地するかと思えたが、双子の身体は空中で止まり、何かを蹴るような動作をして、元の位置に跳ね返る。

空間が歪む。

そして歪んだ空間から薄《うっす》らと影が現れ、それは石像となった。蛇を身体に絡《から》めた女性の石像だ。

全長二メートルほどのそれが、空中に浮いていた。

「ガーゴイル？」

〈この城塞の防衛装置だ。鬱陶《うっとう》しいから我が全て破壊したはずなのだがな、どこぞのバカが復活させたらしい。壊せ！〉

魔道石像《ガーゴイル》は、一般に魔獣のような扱いをされているが、厳密には魔道具である。太古の遺跡の防衛兵器の名残《なごり》だ。

空気中の魔力——魔素が供給される限り動き続け、設定された範囲《エリア》に侵入する者たちを殺していく。姿も能力も様々だが、動く石像のことを総じて魔道石像《ガーゴイル》と呼んでいた。

双子に蹴られた魔道石像《ガーゴイル》は、半分は霜《しも》が付き、半分は白い煙を上げている。凍らされ、熱されたことで機能不全を起こしているらしく、ユラユラと奇妙な動きで揺れていた。

ただ、双子の攻撃では石像を倒し切れないらしく、今にも復活してきそうだ。

「ばう！」

「ばう！」

「コルネリア！」

「はい！」

双子に促されてディートリヒが叫び、コルネリアが答える。何の指示もないやり取りだったが、意思疎通は完璧だ。

コルネリアは迷いなく、戦槌《ウォーハンマー》を振り下ろした。

そしてあっさりと、魔道石像《ガーゴイル》は砕け散った。

「え!?」

なぜか、攻撃したコルネリア本人が、その成果に不思議そうな声を上げた。

魔道石像《ガーゴイル》は普通の石像とは違う。魔法的な効果により、本来の石よりもはるかに硬くなっているはずだ。

コルネリアも、傷が付けられれば上出来のつもりで全力で叩きつけたのだった。

だが、凍らされ、熱されたことで石像が脆《もろ》くなっていたのか。それとも戦槌《ウォーハンマー》の威力がすごいのか。

あまりに簡単に砕けてしまったことに驚いたのだった。

〈ふむ。動く骸骨巨人《ギガントスケルトン》の時も気になっていたが、そのハンマーは魔道具化されているようだな。なかなか良いもののようだ。叩いたものが魔力で強化されているほど、強く効果を発するようだな〉

「え？」

砕けた魔道石像《ガーゴイル》を呆然と見つめていたコルネリアは、グリおじさんの言葉にさらに驚きの声を重ねた。

「なんだ⁉　探知ができなくなったぞ⁉」

その驚きの声に、クリストフの叫びが重なる。

魔道石像《ガーゴイル》が壊れた瞬間から、いきなり彼の探知の魔法が利かなくなったのだ。ずっと探知を使っていた彼からすれば、いきなり目を塞がれたようなものだった。

突然の異変に、望郷のメンバーは無言で一カ所に身を寄せて、武器をかまえて周囲を警戒した。

〈チャラいの、慌てるな。魔道石像《ガーゴイル》が破壊されて本当の感覚が戻っただけだ〉

「どういうことだ？」

〈ここの魔道石像《ガーゴイル》は幻惑《げんわく》魔法に紛れ、身を隠して敵を殲滅《せんめつ》する。先ほどまでチャラいのが感じていたのは、偽りの探知結果だ。魔道石像《ガーゴイル》によって、五感も、魔法的な感覚も全て騙《だま》されていたというわけだ。ここは本来、敵の索敵を妨害《ぼうがい》するようにできておる。魔道石像《ガーゴイル》と合わせて巨大な罠になっ

ておるのだ！〉

望郷のメンバーは、先ほど何もない場所に双子が攻撃を仕掛け、そこから魔道石像《ガーゴイル》が突如現れたのを思い出す。

魔道石像《ガーゴイル》の存在に誰も気付いていなかった。あのまま攻撃されていたら、誰も生きていないだろう。

あれは魔道石像《ガーゴイル》の幻惑魔法の効果だったのだ。

〈それに、これを隠す目的もあったのだろうな〉

皆がグリおじさんの方を向くと、そこにあったのは、グリおじさんの頭上に広がる、巨大な穴だった。

グリおじさんがいる場所を底にして、上へと大きく穴が広がっていた。

それは見える限り、幾つかの床をくり抜いて数階分にわたって広がっており、グリおじさんも余裕で通り抜けられる吹き抜けとなっていた。魔法で強引に開けたのだろう、切り取られた床などが剥《む》き出しだ。

その穴の一点を、グリおじさんは見つめている。

そこにいたのは、一匹のグリフォンだ。

空中に浮いているのは風の魔法の効果だろうか。ケガを負っている様子はないため、夜に襲ってきた個体とは別のグリフォンだろう。

グリおじさんと見た目そっくりなそれは、見えない手で掴まれているように拘束され、空中で暴れていた。

ロアを襲った巨大な円錐状の鍾乳石。

あの攻撃を仕掛けたのは、このグリフォンに違いない。

〈魔道石像《ガーゴイル》の不意打ちと同時に、大穴からこのヒヨコも攻撃を仕掛けてきおった。魔道石像《ガーゴイル》が寝坊助たちを、こやつが小僧を攻撃することで守りを分散させて、傷付けるつもりだったのだろうがな。我に不意打ちなどという子供騙しが通じるわけがないであろう！〉

グリおじさんは言い放つ。

その言葉は、途中から頭上のグリフォンに向けたものに変わっていた。

グリフォンは空中でもがきながら、大きく口を開けて恨むような視線をグリおじさんに向けている。グリおじさんのように言葉を話すことはできないが、罵声を浴びせているようだった。

望郷のメンバーは、突然現れた大きな穴とグリフォンに呆然としていた。

あまりの驚きに逆に冷静になっていたロアだけは、グリフォンたちに夜に不意打ちで巨大な氷塊を打ち込まれた時はめちゃくちゃ慌ててたよね？　効いてたよね？　と思っていたのだが、内緒だ。

グリおじさんの言葉通りなら、最初からこの大穴も存在し、その中で攻撃の機会を狙っていたグリフォンも潜んでいたことになる。

魔道石像《ガーゴイル》の幻惑魔法で隠されていたのだ。

〈ふふふふふ。死ぬような攻撃ではなかったところを見ると、傷付けて足手纏いを作る計画だったのだろう。守るべき者を傷付けられて慌てている我を、攻撃するつもりだったのだな。身の程を知って、我を直接殺そうとしなかったのは良い判断だ。だがな、この程度の幻惑魔法で我を騙せるとは思わぬことだ!!〉

「ばう!」

「ばう!」

すかさず、双子の魔狼から不機嫌な声が上がる。

〈……いや、まあ、確かに気付いたのは双子だが……まあ、我も気付いていた! 気付いていたぞ!!〉

言い訳をするグリおじさんに、双子は疑いの視線を向けた。

結局のところ、魔道石像《ガーゴイル》に幻惑魔法をかけられているのに気付いたのは双子だった。

彼らは互いの感覚にズレが生じていないことに違和感を覚えたのだった。

双子の魔狼は、双子であるといっても別の生き物、別の個体だ。必ず感覚にズレは生じる。

双子は、戦闘時はより正確な索敵結果を得るために、互いに得た情報のすり合わせを行って感覚のズレの修正をしていた。今回の場合は、そのズレがまったくなかったため、作られた索敵結果を与えられているのではないかと疑ったのだった。

双子からその疑いを告げられ、グリおじさんがすっかり忘れていた幻惑魔法を使う魔道石像《ガーゴイル》の存在と、十六階以上にあった、敵に対する探知系魔法の妨害のことを思い出して不意打ちを予測した、というのが事の顛末《てんまつ》だった。

一応、不意打ちを仕掛けてくることに気付いたのはグリおじさんだが、本当の手柄は双子のものだ。

〈と、とにかくだな！　同時攻撃など意味がないぞ！　我にとっては小僧以外どうでもいいからな。小僧が傷付く危険があるなら、他の者どもは見捨てて小僧を守るから無意味だ!!〉

「……ひでぇ……」

思わずディートリヒが呟いたが、自分たちがグリおじさんにとってオマケに過ぎないことは分かっているので、それ以上は発言しない。それに、今はそれどころではない。少なくとも今回は、双子が守ってくれたという事実で十分だ。

〈さあ、我を攻撃した罪を命で償《つぐな》うがいい〉

その瞬間に、空気が変わった。

重く、粘つくような空気。

深海にいるような重みが全身にかかってくる。

「グリおじさん、これって……」

ロアも身体に重さを感じていた。

ベルンハルトは渋い顔をし、コルネリアは戦槌《ウォーハンマー》を手から落としそうになっていた。クリストフは先ほどから探知魔法が効かないため不安な表情をしているし、平気な顔をしているのはディートリヒだけだろうか。

ディートリヒは不安を打ち消すように、口元に笑みを浮かべていた。

〈城塞の機能だ。妨害の対象を索敵魔法だけではなく、全ての魔法に広げたのだろう。我々の全ての魔法の威力が低下したな。身体の動きが妨害されている感じもある。これは敵……我らにしか効果はない。この場の罠としての機能の本領発揮だな。相手は全力が出せるから気を付けろ〉

「そんな……」

〈安心しろ。たかが遺跡、骨董品《こっとうひん》の効果だ！〉

次の瞬間、頭上のグリフォンの皮膚が弾け、血しぶきが飛ぶ。

〈このように、我が魔法は有効だ！　お仕置きを与えるのには支障はない!!〉

グリおじさんはニヤリと凶悪な笑みを浮かべるのだった。

「クリストフ！　探知は諦めろ！　目視で対応する。防御に集中だ！　ベルンハルトは今の状況でどこまで魔法が使えるか調べられるか？」

「おう！」

「少し魔力を消費するが、可能だ」

「私はハンマーを剣に持ち替えるわ。盾も持てないと思う。前衛は無理ね。身体強化なしではきつい」

「分かった！」

グリおじさんが上機嫌で語っているのを聞いて、望郷は即座に戦い方を組み立て直す。グリフォンへの対応とロアの安全は、グリおじさんに任せておけばいい。

望郷のメンバーが色々と驚いて戸惑っていた時間は、ほんのわずかだった。

ディートリヒが飛ばした檄《げき》に、即座に最適な判断を下していく。命に関わる状況での彼らの判断は速い。冒険者の条件反射と言っても良かった。

魔法の威力が落ち、動きが鈍るのであれば今までと同じ戦いはできない。

クリストフの探知にも、ベルンハルトの魔法にも期待できない。身体強化が使えないならコルネリアも重い武器は使えず、盾役も期待できない。

そんな中で、どんな魔獣が出てくるか分からないこの場を、生き延びないといけないのだ。

先に気付いていた癖に、誰にも何も伝えずに、一人理解して悦に入っているグリおじさんには、文句の一つも言いたいところだが、そんな余裕はなさそうだった。

自然と、望郷のメンバーの顔は険しいものになっていく。

「わふ！」

「わふ！」

吠え声の方を見ると、双子が笑顔で前足を振っていた。

「いや、守ってくれると言われてもな……」

「ばう！」

「ばうう？」

「弱いやつは黙ってろって、ひでぇな。陰険グリフォンみたいなこと言うなよ……」

「わふ！」

「わふ！」

「あれと一緒にして、スマン」

「何でそれで会話が成立してるのよ……？」

双子の魔狼と自然と会話をするディートリヒを見て、コルネリアは一気に脱力した。切羽詰まった状況だというのに、緊張感がなさ過ぎる。

「さあ？　友情じゃないか？」

疑問形ながらサラリとディートリヒが言ってのける。自分でもなぜ今の会話が成立したか分かっていないようだ。

「コルネリア、バカリーダーの相手をするだけ時間の無駄だ。まあ、肩の力が抜けて良かったけどな」

「確かにね」

苦笑交じりのクリストフに言われ、コルネリアは止まった手を再び動かし始める。

攻撃してきたグリフォンはグリおじさんに拘束され、やり返されているが、他の魔獣がいつ現れるか分からない。

早く態勢を整え直さないといけない。

拘束したグリフォンを虐待《ぎゃくたい》するグリおじさんと、まだ双子と言い争っているディートリヒを横目に見ながら、コルネリアは急いで武器の交換をするのだった。

ロアとグリおじさんの頭上には、血が雨のように降っている。

襲ってきたグリフォンの血だ。グリおじさんが魔法で防御しているらしく、血はロアたちにかかる直前で霧散《むさん》していった。

〈ふふふ……簡単には楽にせぬぞ〉

完全に酔いしれちゃってるなと、ロアは頭を抱える。

さすがに自分たちの命を狙ってきたグリフォンに同情したりはしないが、それでも悲惨としか言いようがない。拘束され皮膚を引き裂かれたグリフォンは、抵抗する気力さえ失ったのか、意識はあるのにぐったりとしていた。

〈小僧、今、魔法はどれくらい使える？〉

不意に、グリおじさんがロアに尋ねた。

悪役のような嘲笑《ちょうしょう》を浮かべてグリフォンを見ていた癖に、ロアに向ける表情は優しい。激情に輝いていた緑の瞳も、穏やかだった。

「え？　魔法？」

〈そうだ。使ってみろ〉

そう言われて、ロアはグリおじさんの目的が分からないままに渋々従う。使ったのは、魔法薬を作る時に一番よく使う火の魔法だった。

詠唱すらせずに出した小さな火の玉は、掌《てのひら》の上でいつもと変わらない大きさで燃えていた。

〈やはり、小僧には妨害があまり効いていないようだな。小僧の組む魔法式は面白味はないが安定重視、堅実で愚直なほど揺るぎない。魔力操作の熟練度も高い。この程度の妨害は無意味なようだな〉

「？」

ロアには、なぜ今この状況でそんな話をするのか分からない。

グリおじさんの言葉の意図を考えたが、思い浮かぶことはなかった。

「……そういや、グリおじさんに魔法を褒められたのは初めてな気がする……」

そんなことに今この状況で気が付いた。

そもそも、グリおじさんの口から褒めるような言葉を聞いたのすら、初めてかもしれない。もっとも、グリおじさんの声を聞けるようになったのがつい最近なのだから、仕方ないが。

〈褒めたところで小僧は自分で否定するからな。我が無駄なことをするわけがないであろう?〉

普段のイタズラや嫌がらせや暴言まがいの無駄口などは、無駄なことに含まれないらしい。それどころか、グリおじさんは必要なことをしてくれないし、言ってくれない。

どうにも普段の言動と噛み合わないグリおじさんの言葉に、ロアは不満げな目を向けた。

「じゃ、何で今……」

〈寝坊助たちが魔法を使えない場で小僧が使えたら、自信につながるであろう？　小僧は自分のこととなると、明確な事実を突きつけねば信じぬからな〉

「それって……」

〈時間つぶしの雑談に過ぎぬ。気にするな。小僧は剣より魔法の方が才能があるなどと言うつもりもない。どうせ、従魔契約で得た我の魔力は借り物で、自分のものではないと言いたいのであろ

う？　小僧はやりたいようにやればいい〉

　そこまで言うと、グリおじさんはロアから視線を外した。

　同時に、自らの身体に雷撃を纏う。まばゆい光が弾け、目が眩んでロアは思わず瞼《まぶた》を閉じ、顔を手で覆った。

「グリおじさん！！？」

　突然のグリおじさんの行動に焦ったロアの声に、何かの破裂音が被った。

〈ちっ、二匹しか釣れぬか。全員で一気に来るかと思ったが、少しは賢くなったようだな〉

「グリおじさん！」

〈なんのことはない。ヒヨコ一匹をいたぶって、囮《おとり》にしただけだ。ヒヨコどもは仲だけは良かったからな、助けに来ぬはずがない〉

　光が収まってくると、周囲が見えてくる。

　最初に目に入ったのは緑の蔦《つた》だ。今までなかったはずの太い蔦が、周囲を埋め尽くし、ロアたちに襲い掛かろうとしていた。

　それをグリおじさんは雷撃で爆《は》ぜさせ、焼き払っていく。

　周囲を見渡すと、少し離れた場所で、双子の魔狼が遊び半分という雰囲気で跳ね回りながら、同じように蔦を焼き、凍らせて破壊していた。双子は望郷を守っており、蔦は彼らには一本たりとも届いていない。

その蔦の隙間を縫《ぬ》うように、上に広がっている穴から多数の氷の槍が降ってくる。

それは昨夜ロアたちを襲ったものと同じものに見えた。

〈最初が土魔法が得意だったやつ、次が植物魔法、最後の氷魔法は昨夜と同じヒヨコか。昨夜の残りは闇。もう一匹は……炎だったか？　炎のやつはまだ姿を現さぬか。あやつが一番優秀だったな。どこかでまだ不意打ちの機会でも狙っているのか？〉

グリおじさんの声にはどこか偲《しの》ぶような優しい響きがあったが、やっていることに容赦《ようしゃ》はない。予備動作すらなく、周囲に風が渦を巻くと、氷の槍は全て砕かれた。

グリおじさんはロアと軽く雑談をしながらこの時を待っていた。ロアと会話し、あえて油断した素振りを見せていた。

最初に魔道石像《ガーゴイル》と共に不意打ちをしてきた土魔法を使うグリフォンを捕まえて傷付けることで、焦って他のグリフォンが攻撃してくるのを狙っていたのだ。

他のグリフォンも土魔法のグリフォンと同じように、どこかで待ち伏せて不意打ちの機会を狙っていたのだろう。しかし、仲間が傷付けられて、いてもたってもいられずに出てきたことで、その計画は無駄となった。

不意打ちを仕掛けてくるのを待つより、おびき寄せる方が手っ取り早いというグリおじさんの傲慢な考えからの策だった。

　一度に何匹で襲い掛かられようと、絶対に勝てるという自信の表れだ。

〈双子よ！　我は攻撃を仕掛けてきている連中を片づけてくる。あと二匹残っているが、我の方に来るかそちらに行くかは分からん。気を付けよ！〉

「ばう！」

「ばう！」

　なおも襲ってくる蔦を始末しながら、双子はグリおじさんに前足を振ってみせた。かなり余裕があるようだ。

　背中合わせで固まっている望郷のメンバーも、表情を硬くしているものの、双子のおかげで攻撃が当たることはなかった。

〈行くぞ、小僧〉

「え？　オレも？」

　ロアの体が宙に浮かび上がる。グリおじさんの風の魔法だ。

　ロアはグリおじさんに一人だけ連れて行かれかけ、不安げな視線をディートリヒに向けた。

〈当たり前であろう。複数との戦いに向かうとはいえ、我の傍にいるのが一番安全なのだぞ？〉

　当然といった風に、グリおじさんは言ってのけた。

それを肯定するかのように、ディートリヒが頷いてロアに微笑みかける。

「行ってこい」と言われていると感じて、ロアは表情を引き締めると軽く唇をかみしめて、グリフォンたちがいる頭上を見上げた。

第十七話　グリおじさんとグリフォンの戦い

グリおじさんはゆっくりと上昇していく。

ロアはグリおじさんの風の魔法で並んで浮いている。無駄な魔力を消費するだろうに、この期《ご》に及んでも、グリおじさんは絶対にロアを背中に乗せない。

その間も上空から氷の攻撃が降り注いでいる。蔦は穴を埋めるがごとく生《お》い茂《しげ》っており、風の魔法で上っていくグリおじさんたちを邪魔しようとしていた。

しかしそれらはグリおじさんの前ではまったく意味をなさず、あっさりと引き裂かれ砕けていった。

〈フフフフフ……量で勝負しても我は揺るぎすらせぬぞ〉

視界を埋め尽くす攻撃に、グリおじさんは楽しそうだ。そしてグリフォンの一匹を拘束していたあたりで、グリおじさんは動きを止めた。

〈邪魔だ!!〉

光が弾ける。

ロアが何が起こったか理解したのは、視界を埋め尽くしていた攻撃が全て消え、炭と化して白煙を上げる蔦の山を見てからだった。グリおじさんが周囲全てを焼き尽くす雷撃を放ったのだ。

〈氷も木も雷を良く通す。雷避けには有効だが、ただそれだけだな〉

グリおじさんの視線の先には二匹のグリフォン。

氷と蔦が雷撃を逸らしたのか、無傷だ。

その背後には、グリおじさんの魔法で捕らえられて血だらけになっている、最初のグリフォンの姿があった。手前の二匹のグリフォンは口を大きく開け、羽毛を逆立てて必死に威嚇《いかく》していた。

〈どうして我を咎《とが》める？　そやつが我の大事なものに手を出そうとしたのが悪いのであろう？〉

グリおじさんが前足を振るう。その瞬間に人の背丈ほどの竜巻が二本起こり、グリフォンたちを襲った。

ヒュイッ!!　とグリフォンたちが短く鳴くと、穴の周囲から氷柱が突き出し、竜巻を打ち消した。

それを見てグリおじさんは目を細めると、さらに前足を振る。

今度は炎の奔流《ほんりゅう》だ。

グリおじさんの真横から伸びた炎の帯は、氷柱に当たると全てを水蒸気に変えてから消えた。その水蒸気を切り裂くように、無数の氷の槍がさらに飛んでくる。

〈その槍は見飽きた〉

氷の槍を砕いたのは、光を完全に失ったような漆黒《しっこく》の刃だ。半月形のそれは、氷の槍の全てを真っ二つにしていく。

〈影もまた風と同じく厚みが存在しない。風の刃《ウインドカッター》の応用だが、問題はなさそうだな〉

まるで実験をしているような口調だ。その場の思い付きで魔法を使っても十分に倒せる相手だと思って、遊んでいるのだろう。

炎も闇も、ロアと従魔契約したことによって存分に使えるようになった属性だ。

グリおじさんは、新しい属性を使えるようになっていることを見せつけるために、あえて使っていた。未知の魔法を使うことで、自分には敵わないと理解させ、心を折りにいっているのだ。

背後から巨木の杭《くい》が飛んでくるが、グリおじさんは視線を向けることすらしない。

巨木の杭は、はるかに小さい石礫《いしつぶて》によって叩き落とされた。質量が大きなものほど強いのは自明の理だが、速度が違えばそれは覆る。

グリおじさんは小さな石礫を高速で打ち出し、しかも巨木の杭の安定性《バランス》を崩す位置に的確に当てて、叩き落としたのだった。

とにかく、格の違いを見せつけることに拘っているらしい。

〈まだやるか？〉

グリおじさんは最初に止まった位置から一切動いていない。これはもちろん力量差を見せるための演出であるが、それ以上に最大級の威圧だ。

グリおじさんの真骨頂《しんこっちょう》は動かない状態にこそある。

身動きが取れないほどに魔法に全力を注ぎ込んだ状態こそ、グリおじさんが一番力を示す状態だ。

魔法で自らを魔道具化し、周囲の魔力を取り込んで力にすることができる。動かないということは、いつでもその状態に移行できるということで、脅しとしてかなり意味のある行動だった。

「……それにしても……」

状況を見ながら、ロアは小さく呟いた。

激しい戦闘の最中だが、グリおじさんの傍らという安全地帯にいて、逆に冷静になってしまっていた。絶対に手を出すことができない戦闘を前に、別世界の出来事を眺めているような気分になっていた。

「本当に、グリおじさんは他のグリフォンから嫌われてるんだね」

あえて聞こえるように言ったつもりだが、戦いに興奮しているグリおじさんの耳には届かなかったらしい。返事はなかった。

この巣のグリフォンたちからグリおじさんが恨まれているのは、本人から聞いた。しかし、同じ巣にいたのだから、少しは情のようなものがあるのではないかと淡《あわ》い期待もあったのだ。

それがこの有無を言わせない攻撃である。

情どころかお互いに全力で殺しにかかっている。

「なにやったんだろ……」

単純に巣を捨てて出て行った恨みと言うには、度が過ぎている気がする。それ以前から嫌われていたとしか思えない。

そもそも、魔獣は強い者に従う生き物だ。

これほどの力量差があるのに、それでもなお他のグリフォンが従わないという状況が、普通はありえない。よっぽどのことをやらかしていないと、これほど抵抗はしないだろう。

さすがに有無を言わさず攻撃してきた相手に同情する気にはならないが、それでもロアはグリフォンたちの気持ちが気になった。

まず、グリおじさんはこの城塞迷宮《シタデルダンジョン》の主、迷宮主《ダンジョンマスター》だった。これは間違いないだろう。

人間に当てはめるなら、領主のようなものだ。

そして、かなり嫌われるようなことをしていた。

悪徳領主だ。

どれくらい前かは分からないが、グリおじさんはここを離れた。

悪徳領主が、それまで虐《しいた》げていた領地を離れたようなものだろう。

グリフォンたちが領民だとしたら、どれほど歓喜したかは簡単に想像できる。そして、グリおじさんがいない間は自由に楽しく暮らしていたのだろう。

それが、いきなり帰ってきた。

出て行った悪徳領主が帰ってきたら、全力で再び追い出すか、殺すかするのは当然だ。誰だって、一度経験した平和を奪われたくない。悪徳領主が出ていく前より、憎悪《ぞうお》も反発も増す。

ここまで考えてロアは思う。この必死の抵抗は仕方ない。

そして、グリおじさんとロアたちの方が悪役だと。

「あのまま何もなかったら、お互い平和だったのになぁ……」

グリフォンが襲撃を仕掛けず、人質を取ることもなければ、平和に終わっていた。調査団はグリフォンの存在が確認できた時点で帰る気になっていたのだから、人質さえ取られなければ、ここまで攻め入ることはなかった。

だが、悪徳領主が昔の領地に「ちょっと様子を見に来ただけだ」と言ったところで誰も信じないだろう。悪徳領主が近くまで来た時点で、再び領地を取り戻そうとしていると考える。

過去に虐げられていた側からすれば、見つけた時点で先手必勝、全力で悪徳領主を潰そうとするいだろう。

グリおじさんが城塞迷宮《シタデルダンジョン》に近づいた時点で、こういう流れになるのは決まっていたと言ってもいだろう。ロアだって、そうするに違いない。

……なんかグリおじさんの思惑通りに進んでるような気がするなぁ……と、ロアは考えた。

グリおじさんが出発前から何かを企《たくら》んでいたのは間違いない。どれだけ隠そうとしていても、ロアには長年の付き合いで分かるのだ。

さすがに、襲撃や人質を取られる流れまでは予測していなかっただろうが、嬉々として今の状況を楽しんでいるグリおじさんを見ると、その思惑通りに何かが進行している気がして仕方がない。

「あっ！　人質!!」

〈む？〉

思いにふけっていたロアは声を上げた。

「グリおじさん、人質がどこにいるか……」

〈そんなもの、とっくに場所を調べてあるぞ。最上階だ。気配を隠蔽《いんぺい》していない人間など見つけるのは容易い。魔道石像《ガーゴイル》の幻惑が切れた時点で発見した〉

グリフォンたちの攻撃を迎撃しながら、呑気な口調でグリおじさんは言ってのけた。

〈小僧こそ、人質のことを忘れておったのではないか？〉

「そんなことは……」

〈炎の魔法で周囲を焼き払った時に、真っ先にそのことで怒られると思っておったのだがな。小僧は何も言わなかったではないか〉

「えーと」

確かに人質がどこにいるか分からないことを考えれば、グリおじさんが炎で虫を焼き払った時に気にかけるべきだった。

気まずさに、ロアはグリおじさんから目を逸らした。

色々グリおじさんがやらかしたせいで人質まで気が回らなかったのだが、それは言い訳にならないだろう。

〈先に人質を助けに行くか？　我も守るべきものが手元にないと戦いづらい。余波で殺しかねんからな〉

グリおじさんのその提案にわずかな違和感を覚えつつも、ロアには頷く以外の選択肢はなかった。

ロアとグリおじさんが上方に開いた大穴に進んでから、残された望郷と双子の魔狼は一息ついていた。

グリおじさんが穴に入ると同時に、蔦の攻撃は止まっていた。

これは蔦の魔法を使っていたグリフォンが、グリおじさんを追いかけて行ってしまったおかげだ。望郷と双子の魔狼は眼中になかったのだろう。

だからといって安全になったというわけではないが、とりあえずは襲ってくるものもいない。全員が何か起こった時のために防戦の準備を整え、張り詰めた雰囲気の中ながら、わずかに気を緩めていた。

「水飲むか？」

「わふ！」

「わふ！」

クリストフが、魔法の鞄《マジックバッグ》から器と水袋を取り出して双子に言う。双子は嬉しそうにシッポを振りながら頷いた。

「ここからきつくなりそうだな。飴《あめ》を舐《な》めておいた方がいいかもしれん」

飴というのは、ロアが持たせてくれた回復薬の飴のことだ。わずかな疲労や小さな傷であれば、舐めているうちに身体への負担なく治してくれる。休憩を取りづらい状況ではありがたいものだ。

「そうね。鎧も脱ぎたいんだけど、警戒頼めるかしら？」

「ばう！」

クリストフと話していたコルネリアの言葉に、割り込むように答えたのは双子の魔狼だった。

ロアもグリおじさんもいない今、望郷の面倒を見るのは自分たちだと決めているらしい。自分たちが保護者だと言いたげに真っ直ぐに見つめてくる四つの目に、コルネリアは苦笑を浮かべた。

コルネリアは鎧を脱ぎ始める。

ロアに完璧に調整してもらっているが、身体強化なしでは全身鎧《フルプレートアーマー》は重過ぎて負担になる。盾役ができない今では、着ている利点は何もない。防御力より、身軽になって素早さを生かした方がいい。

「お！　ストリップか？」

「？　……死ねばいいのに……」

彼女はディートリヒの言葉の意味が分からず一瞬首を傾げたが、色街《いろまち》でそういう男性向けの見世物《みせもの》があることを思い出して、端的に不愉快を表明した。重い空気をなくすための冗談かもしれないが、低俗《ていぞく》過ぎる。

当然ながら鎧下は着ているし、その下に薄手のシャツも着ているから鎧を脱げば全裸になるというわけではない。

「ベルンハルト、魔法はどれくらい使えそうだ？」

「……使い慣れたものなら、三割ほど威力が落ちるが使える。威力の大きい魔法は不安定なため使えそうにない」

ベルンハルトはボソボソと小さな声で、ディートリヒの問いかけに要点だけ返した。グリおじさんを相手にした時と調子も声の大きさも違い過ぎるが、むしろこっちが彼の本来の姿だ。

「それは、かなり戦力が落ちるな」

ディートリヒは腕を組んで呟きながら、水を飲んでいる双子をちらりと見た。

頼りたくなくて、先ほどは守ってくれると言っていた双子と言い合いをしていたが、本当に頼らないとどうにもならないかもしれない。

城塞迷宮《シタデルダンジョン》の防御機能の影響で魔法も妨害されているし、水の中にいるように動きも鈍っている。望郷のパーティーとしての戦力は大幅に低下していた。

小物の魔獣なら何匹いても望郷だけで相手は可能だろう。

しかし、魔道石像《ガーゴイル》やグリフォンとなると、まったく歯が立たない。それに、ここにはまだ未知の強い魔獣がいる可能性がある。

双子は強いが、まだ幼い。経験不足だ。

いくらグリおじさんに鍛えられていても、それはどうにもならないだろう。能力的には双子より弱くても、どんな能力を持っているか分からない魔獣相手だと対処し切れないかもしれない。戦いは単純な力比べではない。

双子と連携できるか？　オレの指示を双子が聞いてくれるか？

ディートリヒは双子を見つめながら考える。

双子が対処し切れない魔獣が出てきた時、きっと、連携が生き延びるための鍵になる。双子との意思疎通は、最近やたらとできるようになってきている。仲良くなったおかげだろう。

だからといって、双子がディートリヒの言うことを聞いてくれるかどうかは別問題だ。

どことなく、ディートリヒを始めとした望郷のメンバーたちは、双子から見下されている感じがあるのだ。

グリおじさんほど露骨ではないが、双子にも格下として扱われているようだった。

不意に、水を飲んでいた双子が頭を上げた。耳が大きく動く。

「お客さんみたいだぞ」

「わふ」

目ざとく双子の動きに気付いたディートリヒは、全員に注意を促した。双子の魔狼が警戒する動きは、この一カ月ほどで見慣れていた。

「大丈夫。着替え終わったわ」

「おう！」

「……」

コルネリアは軽装の鎧に装備を変え終わっていた。動きやすさ重視で防御は心許《こころもと》ないが、色々妨害されている今はその方がいいだろう。

双子が警戒しながら、通路の先に視線を向けている。

その方向から現れたのは、二体の魔道石像《ガーゴイル》だった。

現れた魔道石像《ガーゴイル》は先ほどのものよりかなり小型だった。

先ほどは二メートルほどの、蛇を身体に絡めた女性の石像だった。今度は一メートルほどの、潰れたカエルのような頭をした、胡坐《あぐら》をかいた男性像だ。それが二体、空中に浮いて向かってくる。

「悪趣味だな！」

人型なのに不気味な顔をした魔道石像《ガーゴイル》の登場に、ディートリヒは吐き捨てるように言った。

この魔道石像《ガーゴイル》を作った者の趣味はよく分からない。大昔から、魔道具や魔法薬を作る錬金術師には変人が多いらしい。

「さっきのみたいに幻惑魔法は使わないのか？　いや、使えないのか？　機能が分からないから不気味だな。速攻で潰すぞ！」

魔道石像《ガーゴイル》は魔道具であるため、備えている機能はその個体によって様々だ。

攻撃に特化したものもいれば、防衛一辺倒のものもいる。

先ほどの魔道石像《ガーゴイル》と違って幻惑魔法の機能がないのかもしれないが、いざという時の奥の手として温存していることもあり得る。それに、幻惑魔法を使うと分かっていても、戦闘中に不意に使わ

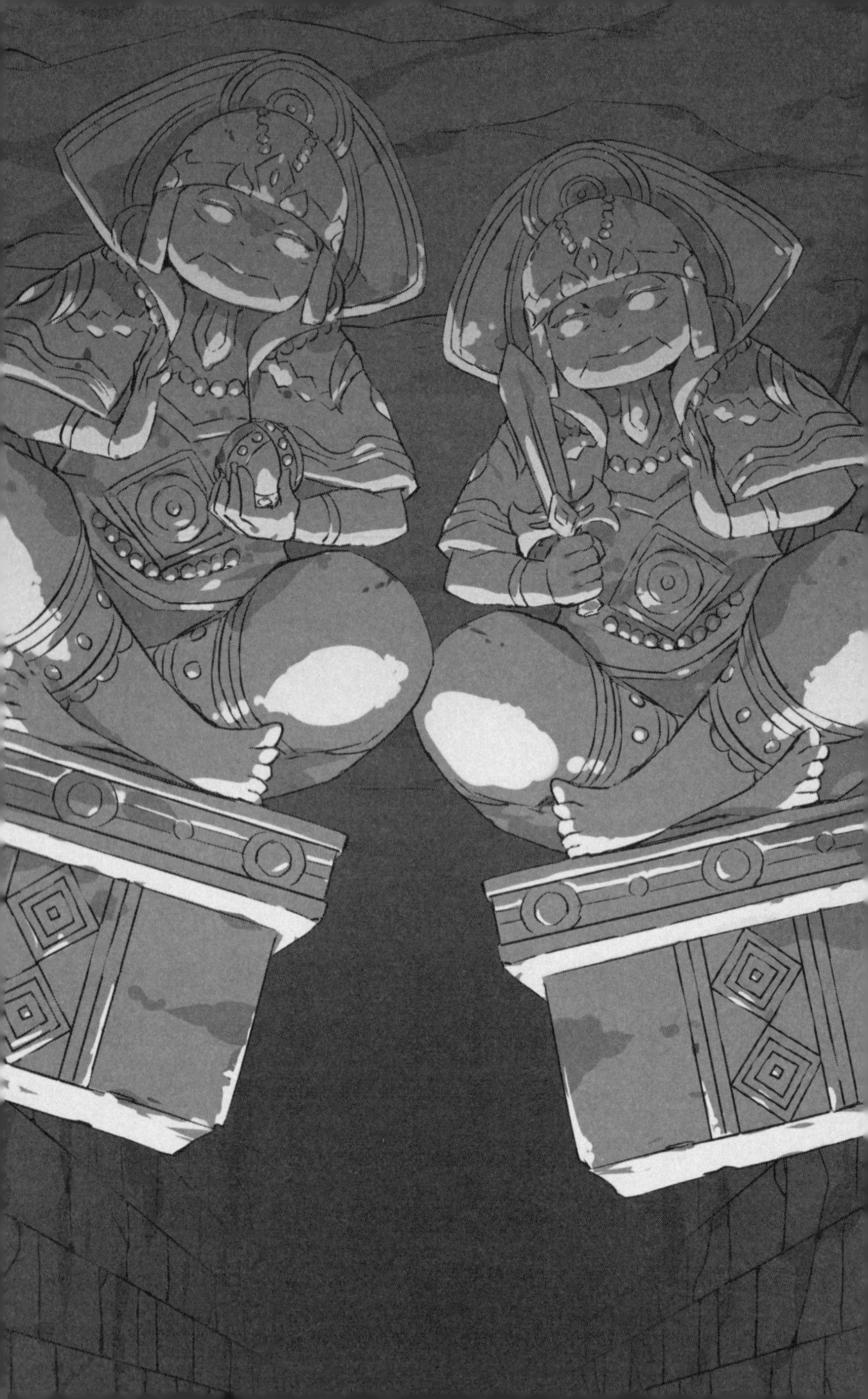

れたら対処できないだろう。使われる前に倒してしまうに限る。

「コルネリア！　悪いがハンマーを貸してくれ。オレが使う」

「かまわないわ」

身体強化なしのコルネリアでは戦槌《ウォーハンマー》は扱い切れない。重さに負けて逆に振り回されてしまうだろう。だからといって、打撃武器なしでは無理のある相手だった。

魔法がほとんど使えない状況では、打撃武器を扱うのは一番力のあるディートリヒが適任だ。

「はい」

「おう！」

ディートリヒが受け取った戦槌《ウォーハンマー》は若干の違和感があった。

握りの部分が細くて握りにくく、全体のバランスが微妙におかしいように感じる。個人専用に調整された武器を他人が使うと、これほどおかしな感じがするものなのか、と逆に感動すら覚えた。

だが、使えないわけではない。

「ばう！」

「ばう！」

「おい！　まだ行くな！」

近づいてきた魔道石像《ガーゴイル》に双子の魔狼が飛び掛かろうとしているのを止めたが、双子はディートリヒの声を気にする素振りすら見せない。やはり、ディートリヒでは指示に従ってもらえない。事前の不安が的中した形となった。

双子は真っ直ぐに魔道石像《ガーゴイル》に向かうと、直前で左右それぞれに横に飛ぶ。攻撃方向を見切らせないように数回壁を蹴ってから、一体ずつそれぞれに攻撃を仕掛けた。

魔道石像《ガーゴイル》が防御をする様子もなく、攻撃は当たったかに思えたが……。

バシッと、何かが弾ける音がして、空中から炎と冷気が吹き出した。それは双子を吹き飛ばす。

「なっ⁉」

ディートリヒが驚きの声を上げる。吹き飛ばされた双子は空中で一回転して着地するが、その表情もまた驚きに満ちていた。傷は負っていないようだが、動きが止まった。

「バカ！　止まるな‼」

ディートリヒは叫ぶが、すでに遅い。

より近くに着地していた青い魔狼に、二体の魔道石像《ガーゴイル》が迫っていた。その頭部で青い光が渦巻く。

何かの魔法を使う前兆だろう。

それは間違いなく青い魔狼を標的にしていた。

戸惑いや恐怖からか、標的にされた青い魔狼だけでなく、それを見た赤い魔狼まで固まっている。

「うりゃっ‼」

反応できたのはディートリヒだけだった。

「あっ！」

一瞬の判断で、ディートリヒは手にしていた戦槌《ウォーハンマー》を魔道石像《ガーゴイル》に向かって投げつける。コルネリアが思わず非難の声を上げたが、そんなことは気にしてられない。

投げつけた戦槌《ウォーハンマー》は魔道石像《ガーゴイル》の内の一体に直撃したように見えたが、跳ね返り床に落ちる。魔道石像《ガーゴイル》は無傷だ。ただ、それが妨害になったのだろう、二体ともの渦巻いていた青い光が掻き消えた。

「逃げろ！」

「ばう！」

一瞬の間があったものの、魔道石像《ガーゴイル》の攻撃動作が止まったことで、双子は二匹共に距離を取ることに成功した。

「ふう……ベルンハルト！　さっきの攻撃を弾いたのは？」

魔道石像《ガーゴイル》は、投げつけられた戦槌《ウォーハンマー》が通常では考えられない攻撃だったせいか、警戒して様子を見るように、その場で宙に浮いて動かない。

望郷ももちろん動けず、お互いに様子見の膠着《こうちゃく》状態だ。

「リフレクト……反射魔法。魔法と物理攻撃のほとんどを反射する魔法だ。理論は現代でも確立されているが、制御が難しく人の身で使えるものではない。太古の魔道具特有の魔法だな。魔道石像《ガーゴイル》なら使ってもおかしくない」

ディートリヒの問いかけに、ベルンハルトはあっさりとした口調で答えた。その目は魔道石像《ガーゴイル》に向いており、その魔法の秘密を探ることに集中しているらしい。

本来は研究者である彼の本領発揮と言っていいだろう。

反射魔法《リフレクト》は攻撃を防ぐだけでなく、反射して敵にダメージを与える魔法だ。先ほど双子が攻撃した時に噴出した炎と冷気も、元々は双子が使った魔法だった。

鉄壁の盾と言っていい。

ただ、攻撃を読み取り、瞬時に魔法式を修正する必要があるため、制御が難しく、人間で使える者は存在しないと言われていた。ベルンハルトが言う通り、分析されて理論は分かっているが、現代では再現不可能な魔法だった。

遺跡でたまに、この魔法を秘めた魔道具が発見されることがあるという。

ベルンハルトも実際に目にしたのは初めてだが、書物と、そしてグリおじさんの指導から得た知識で、その仕組みだけは理解している。

「対抗策は？」

「グリおじさん様に一通り教えてもらったが、我々には不可能だ」

「ちなみに？」

「反射し切れない威力の魔法をぶつけるか、魔法の制御の隙を突くかのどちらかだ」

「青い光は？」

「雷か光の魔法かと思うが分からない。発動に時間がかかっていることから殺傷力は高そうだ」

反射魔法《リフレクト》を破ることは、望郷だけでは無理だ。グリおじさんであれば簡単にやってのけるのだろうが、とても人間にできるとは思えない芸当だ。

ディートリヒはちらりと双子の方を見る。

先ほどまで遊び半分で戦っている感じだったのが、攻撃を跳ね返されて真剣な表情になっている。

これならオレの提案を聞いてくれるか？　と、ディートリヒは双子の様子を窺った。

「なあ、試してみたいことがあるんだが……」

ディートリヒに声を掛けられ、双子はその言葉に素直に耳を傾けた。


グリおじさんとロアは風の魔法に乗って上昇し続け、穴の上部へと着いた。

〈この上は最上階だな。我らの巣があったところだ〉

穴は、その階の天井だけは貫通していなかった。

今ロアたちがいる階の上部は石造りのアーチ状の天井になっており、グリおじさんの言葉を信じると、この天井の上の階が、グリフォンたちが巣にしている最上階ということになるのだろう。

さすがに自分たちの巣に突き抜ける穴を開けるのは、気が引けてしまったというところだろうか。

「……グリおじさん、あれは、いいの？」

〈む？〉

グリおじさんは問いかけられ、ロアの視線の先を見る。ロアは自分たちの周囲で繰り広げられる、魔法同士のぶつかり合いを見つめていた。

〈いいの、とは何がだ？〉

ロアとグリおじさんに目掛けて放たれる、土と植物の魔法の攻撃。それをグリおじさんは風の魔法で完全に防いでいた。

もう個別に対処する気もないらしく、強風が吹き荒れ、ロアたちの周囲は酷い嵐のようになっている。無風の安全地帯は、ロアとグリおじさんの周囲二メートルほどの範囲だけだろうか。

グリフォンたちはなんとか耐えているようだったが、近くにいたらしい他の魔獣たちまで巻き込まれ、強風に吹き飛ばされて壁にぶつかり潰れていくのが見えた。

グリおじさんはかなり大きな魔法を使っているのだが、何事もないように平然として、気にしてすらいないようだった。

グリおじさんにとっては、周囲を飛んでいる羽虫を手で払っているようなものなのかもしれない。

必死になって攻撃しているグリフォンたちが惨《みじ》め過ぎる。

ロアとしては、下にいる望郷や双子にまでその嵐の影響が出ていないか気になるが、グリおじさんが双子に危害を加えるわけがない。たぶん魔法の効果の範囲を限定しているだろう。大丈夫なはずだ。

「……グリおじさんが気にしてないならいいんだけど」

本当は、必死に攻撃してきているのを相手にしなくていいのかと尋ねたかったのだが、グリおじさんがまったく眼中になさそうなので言葉を引っ込める。

「で、人質は？」

〈この上だな〉

ロアは周囲を確認した。

すぐ近くにこの階の床がある。そちらに降りて上に続く階段を上ればいいはずだ。そう考えながら、ロアは目の届く範囲に階段がないか探した。

〈小僧、天井を壊せ〉

「はい？」

〈上に行くにはこの天井に穴を開けるしかないぞ〉

「いや、階段を探して……」

〈面倒であろう？　壊せばすぐだ。ここの外壁には魔法を消す効果があるが、それ以外にはない。普通の建材だぞ〉

何をバカなことを言ってるんだ？　と言いたげな目で、グリおじさんはロアを見つめた。

バカなことを言うなと言いたいのはロアの方だ。

「……何で、オレ？」

〈我はここまで浮くのと、ヒヨコたちの相手で手一杯だ。暇そうな小僧が魔法を使うのが筋であろう？〉

「……」

どう見ても、グリおじさんはグリフォンたちを余裕で蹂躙している。天井に穴を開けるくらいのことは、片手間でやってのけられるだろう。

それでもなぜかロアにやらせたいようだった。

ロアはグリおじさんの目を真っ直ぐに見つめる。嘘をついたり、自分に都合の悪いことがあったりすると、グリおじさんは目を逸らしてしまうはずだ。だが、明らかに嘘をついている状況なのに、今のグリおじさんは、ロアの目を真面目な顔で見つめ返していた。

「……はぁ～。いいよ、何考えてるか分からないけど、分かったよ」

大きくため息をつき、ロアは了承した。

「何を考えているか分からない」と言ったものの、ロアも薄々だがグリおじさんの意図は分かっていた。要するに、最初に土魔法を使うグリフォンが襲ってきた時に交わした会話が答えなのだろう。

グリおじさんは、今の状況でロアに魔法を使わせて自信を付けさせたいのだ。少なくとも、望郷のメンバーよりも格上だと思い込ませたいのだろう。

ただ、ロアは今の魔力は借り物だと思っていた。従魔契約でグリおじさんと繋がったことで得られた力なのだから、自分の力ではないと考えていた。

だからこそ、ちゃんとした冒険者になる時は、より自分の実力で戦える剣士になりたかったし、必要がない時は、自分の本来の魔力で賄《まかな》える程度の魔法しか使いたくない。

今ここで天井を砕くような魔法を使ったからと言って、グリおじさんのおかげだと思うだけだ。自分の実力だとは考えない。

ロアの長年の生活で染みついた鉄壁の自己評価の低さと、生来の頑固な気質は、この程度で揺らぐことはない。

「グリおじさん、天井に手がつく位置まで移動して」

〈うむ〉

少し上昇してから、ロアは天井に掌を押し当てる。

「細波《リップル》、共鳴《レゾナンス》」

〈はあ？〉

一瞬、天井全体が跳ね上がったように見えた。その様子を見ていたグリおじさんが大きく口を開け、同時に間抜けな声を上げる。

天井が振動している。

石造りの天井からはパラパラと細かな砂のような物が落ち始め、ついには岩が剥《は》がれ始める。

そしてついにはロアの頭上で天井が崩れ始めた。

崩壊していく天井。

その真下でロアは満足げに笑みを浮かべている。

グリおじさんは口を開けたまま固まっていたが、防御は忘れていないらしく、落ちてくる天井の残骸は風によって横へと運ばれて、二人に当たることはなかった。

「……グリおじさん、これでいいよね？」

上の階まで貫通した穴を見上げながら、ロアは言った。それは丁度、ロアとグリおじさんが通れる程度の大きさだ。

〈……な……〉

グリおじさんも天井に開いた穴を見上げていたが、ゆっくりとロアに振り向いた。

〈な、何でそれなのだ！！？　どうして!!〉

「え？」

グリおじさんに怒鳴られて、ロアは首を傾げた。

「何でって、グリおじさんが壊せって言ったから？」

〈……確かに、言ったが！　それは魔法を使って壊せという意味で、そんな珍妙なことをしろと言ってはおらんぞ!!〉

「ちんみょう？」

ロアは納得いかないとばかりに、眉を寄せた。

〈我は曲芸をしろとは言っておらぬ！　あれはチャラいのが使っていた探知魔法であろう！　なぜそれで岩が砕けるのだ!?　非常識であろう！　そもそも、あれは魔法と言うにはお粗末《そまつ》過ぎるものだぞ！　なのに、なぜ土魔法のような効果が!?　気持ちの悪いことをするでないわ！〉

「気持ちの悪い？」

ロアが使ったのは、クリストフが使っている探知魔法の応用だ。

その仕組みは単純で、魔力を一定間隔で波紋《はもん》のように広げていくだけのものだった。ほとんど魔法と言えるものではない。

ロアは一カ月前の魔獣の森でのゴーレム騒動の時に、それを改良して『小波《マイクロウエーブ》』という魔法を作り出した。探知魔法よりもさらに細かい魔力の波を作り出すことで、物体を壊さず調べる魔法だった。それはハンマーで鉱石を叩いて振動を与え、中に気泡《きほう》がないかを調べるのに似ている。

小波《マイクロウエーブ》はさらに波を調整することで、物体を加熱することもできた。ハンマーで叩き続ければ鉱石が発熱してくるのと同じような現象だった。

この小波《マイクロウエーブ》はロアのお気に入りの魔法である。

物体を調べられて、しかも自由に加熱できるのだから、魔法薬を作るロアには活用の場が多くあったのだ。

そしてそこからさらに応用して作り出したのが、ロアが今使った細波共鳴《リップルレゾナンス》だ。

「これ！　めちゃくちゃ便利でいい魔法なんだよ！」

〈む……？〉

「硬い素材も一瞬で細かく砕けるし！　ハンマーも乳鉢《にゅうばち》も準備する必要ないんだから！」

〈……〉

「最初に発見したのは、硝子《ガラス》の器に入れた魔法薬を小波《マイクロウエーブ》で加熱してた時だったんだけどね、突然器が割れたんだ。加熱し過ぎて割れたのかと思ったけど、魔法薬はまったく熱くなってなくて、調べたら、小波《マイクロウエーブ》の波の幅を調整すれば、色々な物を壊せる魔法になるのを発見したんだ！」

〈……〉

突然のロアの勢いに、グリおじさんは口ごもる。

ロアは、自分が気に入っている魔法を珍妙だとか気持ち悪いとか言われて、頭にきているらしい。まくしたてるように、その魔法の性質を発見した経緯から便利さまで話し始めた。

その性質の発見は、ロアが語ったように、偶然だった。

小波《マイクロウエーブ》で加熱していた硝子《ガラス》の器が割れたことが切っ掛けになり、ロアはとある現象を思い出したのだ。

それは『共鳴』。

音楽に携《たずさ》わる者たちにはよく知られている現象だ。

何かを振動させると、その振動に合わせて他の物体も揺れることがある。これが共鳴だ。

楽器の多くはこの共鳴を利用しており、一般人のほとんどはこの現象のことを知らなくても、楽器作りの職人や音楽家たちには常識だった。

例えば弦《げん》楽器であれば、張られた糸を震わせても小さな音しかしない。その小さな音を楽器本体に共鳴させて、全体を振動させることで大きな音を得ている。

ロアは楽器作りの職人からこの現象の話を聞いていた。そして、その共鳴で物を壊せることも。

楽器作りの際は、調整のために同じ音をひたすら鳴らすことがある。特に大きな音の出る楽器では、硝子《ガラス》など単一の物質で壊れやすい物と共鳴すると、共鳴した側が振動に耐え切れなくなって割れてしまうらしい。

職人としては失敗談のつもりで話したのだろうが、ロアにとっては、その原理の方が気になって記憶に残っていた。

そしてその現象と、小波《マイクロウエーブ》で加熱していた硝子《ガラス》の器が割れたことが、同様のものだと直感的に気付いたのだった。

小波《マイクロウエーブ》の波は硝子《ガラス》が割れる波とは違っていたが、その時は雑に波の調整をしていたので、偶然にも割れる波も発生させていたのだろうと結論付けたのだった。

そこからのロアの対応は早かった。

実験と訓練を重ね、ついには自由に共鳴を起こして、物を壊すことができる魔法を手に入れたのだった。

ただこの魔法の対象には色々と条件があり、極端に言うなら、ハンマーで振動を与えて割れたり崩れたりするような物限定で使える。

それでも、魔法薬を作る時に素材を砕くのには便利だった。

この共鳴の魔法は、個人の魔力調整の技量に依存しており、コラルド商会の錬金術師にも教えたが成功した者はいない。

そもそも、加熱するための小波《マイクロウエーブ》ですら、できた者はいない。

本来のクリストフ式の探知魔法は誰でも簡単に扱えるのに、それの応用となると、ロア以外に成功した者はいなかった。

クリストフ式の探知魔法は、水面を叩いて波紋を作るのに似ている。

水面に波紋を作るだけなら誰でもできるが、細かく均等に作ろうとすると、途端に難易度が増すようだった。

しかも加熱したり共鳴させたりするとなると、目に見えないくらいの小さな波を均等に作り続けるようなものだ。常人にできるはずがない。

それを易々《やすやす》とやってのけるロアが異常だった。ただ、ロア本人は相性の問題だと捉えており、特殊なことをしている自覚はなかった。

「……というわけで、ものすごく便利なんだよ！」

〈……〉

長々と説明され、グリおじさんは情けない顔で眉間に深く皺《しわ》を刻んで、ロアを見つめていた。

ずっと無言だった。

〈……小僧は……〉

「ん？」

不意に口を開いたグリおじさんをロアは見つめる。

〈……小僧は、変だ!!　なぜそのような非常識な真似をするのだ!?　普通に土魔法を使えばいいいであろう？　なぜに曲芸のような真似をわざわざするのだ？　魔法とは目的の現象に合わせてきっちりと魔法式を組むものだ。そんな感覚任せのものなど魔法ではない！〉

「えー？　グリおじさんも結構同じようなことしてるよね？　虫を焼き殺すのに使った魔法だって、火魔法を風魔法で煽って、無理やり広げて焼いたんだよね？　一緒でしょ？」

〈あれはたまたまそうなっただけだと言っておるだろう！〉

「たまたまって……さっき、きっちり魔法式を組むものだって言ったよね？　狙ってやったんじゃないの？」

〈たまたまだ!!〉

　ロアとグリおじさんは睨み合う。

　引っ付きそうなほどに顔を寄せ合い、真っ直ぐに見つめ合った。

　数秒の沈黙の後、折れたのはロアだった。

　ふう、と、呆れたように息を吐く。

「……ところで、グリおじさん、あれは、いいの？」

　ロアは、少し前に言ったばかりの言葉を繰り返して、足元を指さした。

〈む？〉

　今度はグリおじさんもちゃんと反応する。

嵐のように風が吹き荒れていたのに、いつの間にか収まっている。そこにいたはずのグリフォンたちの姿も消えていた。

魔法で拘束していた、土魔法を使うグリフォンの姿すらない。

〈……小僧のせいで気が逸れて魔法を制御しそこなったではないか……〉

必死の勢いで攻撃していたグリフォンたちは、魔法の風が止まり、拘束が解けた時点で逃走に切り替えたのだろう。巻き込まれていた他の魔獣たちの姿もなく、全て逃げてしまったようだった。

残っているのは死骸くらいだ。

「え？　オレのせい？」

〈小僧が非常識なせいであろうが!!〉

ロアに自信を付けるはずだったのに、気付けば非常識をたしなめる羽目になっている。

グリおじさんはそのことに気付き、落胆《らくたん》するのだった。

望郷と双子は完全に足止めされている状況だった。

ロアとグリおじさんを追いかけたいところだが、動くことができない。

潰れたカエル頭の魔道石像《ガーゴイル》は、侵入者の足止め用の防衛装置だったらしい。

望郷たちがその場から動かなければ魔道石像《ガーゴイル》も動かず、誰かが一歩でも先に進もうとすると、素早く移動してその行く手を阻《はば》もうとしてくる。防衛に徹して、率先して攻撃は仕掛けてこない。

攻撃されないのは良いことだが、このまま動けないのはまずい。

頭部で青い光が渦巻く攻撃の予備動作らしきものも、あれ以来起こっていなかった。何か発動の条件があるのだろう。

「よし、やるか！」

「本当にやるの？」

「もちろんだ」

心配そうなコルネリアの言葉に、ディートリヒは笑顔で答える。

攻撃してこないのだから、このままロアとグリおじさんが戻ってくるのを待とうという話もあったが、もし他の魔獣が襲ってきた場合、それを撃退するための攻撃が敵対行動ととられて、魔道石像《ガーゴイル》も同時に襲ってくる可能性がある。そうなれば、壊滅は免《まぬか》れないだろう。

そういった窮地に立たされる前に、何か手段があるなら魔道石像《ガーゴイル》を倒すべきだということで話はまとまった。

ただ、そのための攻撃手段に問題があった。

「双子もいいな？」

「ばう！」

「ばう！」

「……なんか、間抜けな姿だな」

ディートリヒと双子が気合を入れているところに、クリストフの若干呆れたような言葉が重なった。

ディートリヒと双子の姿は、一言でいうなら、クリストフの言葉通り「間抜け」だろう。とてもこれから強敵と戦う姿には見えない。

ディートリヒは双子を両脇に抱えていた。

もちろん、左右に一匹ずつだ。荷物のように抱えている。

「オレたちの友情最強形態をバカにするな!!」

「友情最強形態って、ガキかよ……」

「うるせぇ!!」

双子は抱えられているのが面白いのか、シッポをパタパタと振ってご機嫌だ。

ディートリヒの片手には、剣が握られている。双子を抱えているせいでまともにかまえることも振ることも不可能だが、しっかりと握りしめていた。

ミスリルの線が入っている、魔法を纏わせるための剣。これが今回の攻撃の要《かなめ》だった。

目の前に居座っている魔道石像《ガーゴイル》が使っている反射魔法《リフレクト》は鉄壁と言っていい。

ベルンハルトがグリおじさんから教えてもらっていた反射魔法《リフレクト》破りの手段は、反射し切れない威力の魔法をぶつけるか、魔法の制御の隙を突くかのどちらかというものだった。

グリおじさんなら易々とやってのけるのだろうが、望郷のメンバーには不可能な上、魔狼の双子でも困難だ。制御の隙を突くなどという芸当は不可能だし、反射できないほどの大きな威力の魔法など使えない。

だが、針の先のような小さな一点だけに、魔法を集中して発動できれば。

もちろん、それがディートリヒどころかベルンハルトの魔法だったとしても、威力が足りないだろう。

しかしそれが双子の魔法なら、反射魔法《リフレクト》を破れるかもしれない。剣の切っ先のみに魔法を纏わせれば、一気に突き破れるかもしれない。

そう考えた結果が、現在の、双子を両脇に抱えて剣を持ったディートリヒの姿だった。

双子は前足先が最も効率良く魔法を使えるため、彼らが触れやすいように剣を支えるのと、移動を助ける役目をディートリヒがすることになったのだ。

魔道石像《ガーゴイル》は二体、双子が一匹ずつ全力で魔法を剣に込めて、一気に叩く予定だ。

反射魔法《リフレクト》の影響でどういった不都合が出るか分からないため、他の望郷のメンバーは手出しできない。信じて待つしかなかった。

「じゃ、ダメだった時は頼むぞ」

「分かってるわ。すぐに振りかけるから死なないでね」

コルネリアは手に持った数本の瓶を振って見せる。

失敗すると攻撃に使った魔法は全て反射され、双子とディートリヒを襲うはずだ。その時のために、コルネリアはロアに託《たく》された治癒魔法薬を振りかける役目になっていた。

双子を抱えて遊んでいるようにしか見えないが、命がけの戦いだった。失敗したら、撤退も視野に入れている。

「おし！　行くぞ！　攻撃は三、二、一、で合わせるからな」

「わふ！」

「わふ!!」

ディートリヒは大きく息を吸い込み、剣を握り直す。

双子は抱きかかえられた状態に身体を任せ、ディートリヒの動きの邪魔にならないようにダラリと脱力している。ただ、シッポだけが楽しそうに揺れていた。

大きく床を蹴り、ディートリヒは駆け出す。

それなりに重さのある双子を抱えているのに、その動きは淀《よど》みない。一瞬にして魔道石像《ガーゴイル》との間は詰まった。

「三！」

魔道石像《ガーゴイル》もディートリヒの動きに反応して、近づいてきた。

「二！」

ディートリヒは不格好ながらも剣を正面に突き出し、突きを出せる体勢をとる。魔道石像《ガーゴイル》の方から近づいてくれるおかげで、狙いはつけやすい。

狙うのは、魔道石像《ガーゴイル》の胴体だ。魔道具という性質上、一番容量のある所に重要部分が隠されているという予測だ。

先に魔法を使う青い魔狼が、前に足を突き出して、剣に触れる準備をしている。

「一!!」

「わふ!!」

ディートリヒが剣を突き立てると同時に、青い魔狼が剣の柄の部分に軽く触れた。

剣の切っ先に、青い光が輝いた。

青い魔狼の見事な制御で、魔法が剣の切っ先、それも針の先端ほどの小さな部分だけで展開される。

それは魔道石像《ガーゴイル》の数センチ手前で一瞬、止まった。

「空間が、凍る？」

最も近くでそれを見ていたディートリヒは思わず呟いた。何もないはずの空間が、薄く、卵の殻《から》ほどの厚みで凍り始めたのだ。

それに巻き込まれて周囲の空気が冷気の白煙を上げ、ディートリヒが魔法の余波で、剣を握る手に焼けるような痛みを感じた瞬間、止まっていた剣があっさりと動いた。

「ばう！」

「わふ!!」

双子の歓喜の声が聞こえたと思った瞬間に、剣は魔道石像《ガーゴイル》の胴体を貫いていた。

反射魔法《リフレクト》を破ることができたのだ。

そして、一瞬にして魔道石像《ガーゴイル》は凍ると同時に、弾けるように砕け散る。

「まず一体！」

砕けた魔道石像《ガーゴイル》がキラキラと輝きながら降ってくる中、ディートリヒは踵《きびす》を返す。

すぐにもう一体の魔道石像《ガーゴイル》を攻撃しないといけない。喜んでいる時間すらもったいない。歓喜に頬が緩むのを抑えつつ、次の獲物に向けて動いた。

そんな余裕のない状況で、予想外の出来事が起こった。

「瑠璃唐草騎士団《ネモフィラ》団長、アイリーン！　助太刀《すけだち》いたします!!」

場違いな芝居《しばい》がかった声が響いたのだ。

その声に、場の空気は凍った。

炎の槍《ファイアーランス》の魔法が、望郷のメンバーの背後から飛んだ。

炎の槍《ファイアーランス》の魔法は一直線に魔道石像《ガーゴイル》へと向かっていく。飛んで行く槍状の炎に望郷のメンバーが気付いた時には、もう止められる状況ではなかった。

最悪だ。

妨害が効いているせいか、炎の槍《ファイアーランス》の魔法の形は不完全だ。しかし威力だけは十分にあった。

「チッ！」

チラリとだけ声の聞こえた方向を見て、ディートリヒは舌打ちする。

完全に予想外の存在の登場だ。「助太刀」などと言っているが、邪魔でしかない。むしろ敵側の伏兵《ふくへい》と言ってもいい。

瑠璃唐草《ネモフィラ》騎士団団長、アイリーン。

彼女の存在に、望郷のメンバーも双子の魔狼も気付いていなかった。気付いていれば、こんな暴挙は許さなかっただろう。

魔法が使える状況なら、探知の魔法でクリストフが気付いていただろう。

攻撃を仕掛けている状況でなければ、双子のどちらかが気付いていただろう。

戦闘中の注意力不足と言われればそれまでだが、不運が重なった。

背後ですでに他の望郷のメンバーが動いている気配がある。アイリーンの対応は任せてかまわないだろうと、ディートリヒは気持ちを切り替えた。

この一発だけを何とかできれば、立て直すことができるはずだ。

ゴウ、と音を立てて炎の槍《ファイアーランス》の魔法が魔道石像《ガーゴイル》に直撃する。同時に反射魔法《リフレクト》によってそれは反射され、炎の槍《ファイアーランス》の魔法は崩れて火球となって、近くにいたディートリヒたちを襲った。

反射された魔法は放った相手ではなく、一番近くにいる敵に向かうらしい。

そのことに驚きつつも、向かってくる火球を避けるためにディートリヒは体勢を変えようとした。

しかし、先に動いたのは青い魔狼だった。

「ばう！」

短く吠えると、ディートリヒの腕を振りほどき、彼の腹を軽く蹴って前に飛び出す。ディートリヒにとっては衝撃すら感じないほどの軽い蹴りだったが、青い魔狼の身体は彼の眼前に躍《おど》り出た。

クルリと空中で回転すると、自らの身体で火球を受ける。

その瞬間に、青い魔狼の身体から白煙が吹き出し、ディートリヒの視界を奪った。

青い魔狼が防御のために使った氷の魔法と、火球が反応してできた水蒸気が白煙となったのだ。

ディートリヒは、双子同士の手合わせで似た現象を目にしたことがあったため、青い魔狼の無事を確信する。魔法が正常に発動したなら、青い魔狼がケガをするはずがない。

「いけるか⁉」

「ばう！」

「合わせるぞ！　三！」

まだ抱えている赤い魔狼に問いかけると、自信に満ちた吠え声が返ってきた。邪魔は入ったが、まだ計画が失敗したわけではない。

視界は晴れておらず、白煙で魔道石像《ガーゴイル》の位置を確認することはできないが、寸前に確認した位置にいるはずだ。防衛装置である以上、逃げ出すということはない。

ディートリヒは勘だけを頼りに目標に駆け寄った。

「二！」

剣を前に突き出し、突きの体勢をとる。幸い、青い魔狼を手放したおかげで片手は自由に動かせる。

「一‼」

「わふーー‼」

剣を突き出すと、先ほどと同じ何かに当たって止まる感じがあった。予測通りの位置に魔道石像《ガーゴイル》がいてくれたことに、ディートリヒの口元は緩んだ。

赤い光が、剣の切っ先で輝く。赤い魔狼が剣に触り、魔法を発動したのだ。

切っ先のみで展開された炎の魔法で空気が一気に温められ、熱風が吹き出した。それがディートリヒの周囲を覆っていた白煙を吹き飛ばした。

「クソッ……」

白煙が晴れ、ディートリヒが目にしたのは、青い光が渦巻く魔道石像《ガーゴイル》の頭部だった。

それは攻撃の予備動作だ。

青い光の正体は追撃のための魔法だったのかよ！ と、ディートリヒは考えながら、魔道石像《ガーゴイル》の頭部が向いている方向からわずかに体をずらした。大きく避けることはできない。

剣の切っ先ではすでに魔法が発動しており、大きく動いてしまうと攻撃は魔道石像《ガーゴイル》に当たらずに失敗に終わるだろう。

魔道石像《ガーゴイル》の頭部の光は、ディートリヒの想像通り、魔法攻撃を受けた直後の追撃攻撃だった。魔法攻撃を反射魔法《リフレクト》で反射し、それで怯んだ敵を確実に仕留めるための追撃を放つのである。

つまり、この攻撃もまた、アイリーンが放った炎の槍《ファイアーランス》の魔法が原因だ。

魔道石像の頭部で青い光が大きく瞬く。

その光に目が眩み、ディートリヒは目を細めた。

「くっ！」

瞬いた青い光はディートリヒの肩を貫いた。ディートリヒは痛みに、細めた目を大きく見開き、奥歯を噛み締めて耐える。

魔道石像《ガーゴイル》が放ったのは光魔法の光の刃《カッティングレイ》。

帯状の光を放って物を切断する魔法である。当たったのは赤い魔狼を抱えている方の肩だった。

大きく切り裂かれて、魔狼を抱える腕の力が抜けそうになる。落とさないようにディートリヒが必死に腕に力を込めると、斬られた肩から激しく血が噴き出した。

「もう少し！」

目の前では何もないはずの空間が、黒く焼け焦げていく。

赤い魔狼が発動した魔法の余波は、剣を握るディートリヒの手にも及んでおり、先ほどの一体目の魔道石像《ガーゴイル》への攻撃の余波と相まって、赤くただれ始めていた。

だが、先ほどと同型の魔道石像《ガーゴイル》なら、もうすぐ貫けるはずだ。

ディートリヒがそう考えた途端に、スッと剣が動いた。

「よし！」

反射魔法《リフレクト》を破って魔道石像《ガーゴイル》を破壊した手応えに、思わず喜びの声を上げて、共闘した赤い魔狼を見る。お互いの健闘を称《たた》えるつもりで笑顔を向けた。

だが、ディートリヒが目にしたのは、自分の腕の中で力なく気を失っている赤い魔狼の姿だった。

今朝、調査団の本体と別れた直後。

アイリーンは城塞迷宮《シタデルダンジョン》の中心部を目指した。

彼女に同行した人間は二人だけ。原因不明の死亡事件が起こり、瑠璃唐草騎士団《ネモフィラ》はその二人だけを残して死亡したのだ。

彼女たち以外の城塞迷宮《シタデルダンジョン》調査団の人間は同行していない。不死者《アンデッド》や魔獣が溢れる地に来て現実を知り、その中心部に進む無謀を選択する人間は他に存在しなかった。

今まではロアとグリおじさんが助けてくれていたが、その保護もなく進めば間違いなく死ぬだろう。むしろ、瑠璃唐草騎士団《ネモフィラ》の生き残りの女騎士二人が同行したことが、奇跡と言ってもいいくらいだ。

それくらい、アイリーンの行動は誰が見ても無謀だった。

調査団の野営地から城塞迷宮《シタデルダンジョン》まで、彼女たち三人は全力で馬を走らせることとなった。

これは急いで到着しようという意図があったわけではない。自然な成り行きで、そうなってしまっただけだった。

不死者《アンデッド》や魔獣に追われ、命がけで逃げるしかなかった。

不死者《アンデッド》は生きている人間の気配に集まる性質がある。だが、調査団の野営地は、ロアが「特製の治癒魔法薬」という触れ込みの聖水を煮ていたために近づくことはできず、中途半端な位置をさまよっていたのだ。

そんなところに彼女たちが出てきたのだから、追われるのは当然だった。

進行方向の後ろから追われたため、アイリーンたちは引き返すこともできなかった。生き残るために、全力で馬を走らせた。

彼女たちが生き残ったのは、幸運が重なったおかげと言っても良いだろう。

グリおじさんが調査団に同行していたおかげで、その残り香《が》の影響で、群れで狩りをするような足が速く狡猾《こうかつ》な魔獣が襲って来なかったこと、ロアが調査団と別れる前にこっそり全ての馬を魔法薬で癒して万全の体調にしていたこと、そしてなにより、グリおじさんに大魔術師死霊《グレーターリッチ》が倒されていたことが大きく影響した。

大魔術師死霊《グレーターリッチ》はそこにいるだけで不死者《アンデッド》の発生率を引き上げる。まさに不死者《アンデッド》の王なのだ。

その存在がなくなり、全ての不死者《アンデッド》が弱体化していたのである。

もし大魔術師死霊《グレーターリッチ》が健在であれば、生者の気配を感じ取った不死者《アンデッド》に囲まれて、今頃は彼女たちもその仲間入りをしていたところだろう。

運命とは、ちょっとした切っ掛けで変わるものである。

しかし、アイリーンは生き残ったことを、自分の持つ幸運と実力のおかげとしか考えず、喜んだ。

『戦闘薬』によって偏《かたよ》った思考は、そういう結論しか出せなくなっていた。

城塞迷宮《シタデルダンジョン》の城壁周辺に到着すると、不思議なことに、追って来ていた不死者《アンデッド》たちはいなくなった。

これもまた、アイリーンは幸運だと思い込んだ。

実際のところは、ロアと望郷が、乗ってきた馬たちのために、清浄結界の魔道具を設置していったおかげである。ロアたちは馬を不死者《アンデッド》が徘徊《はいかい》する場所に放すよりは、繋いでおいて清浄結界の魔道具を設置しておく方が生き残る確率が高いだろうと思い、そうしたのだ。

そして、アイリーンたちもロアたちが繋いだ馬を発見することになる。

そのすぐ近くにはグリおじさんが土の魔法で掘った、内部に侵入するための地下道が口を開けていた。

大して考えることもせず、穴が開いているのだからと、当然のように彼女たちはその地下道を通り、城塞迷宮《シタデルダンジョン》内部に侵入した。

すると内部は火の魔法で焼き払われ、魔獣どころか虫一匹もいない。

自らの幸運に感謝しながら、アイリーンは足を進め、上へと登っていく。最初はわずかに警戒していたが、数階上った時点でその警戒心も緩み、進む速度は速くなっていった。

あまりに順調に進めたために完全に気が緩み、城塞迷宮《シタデルダンジョン》など虚仮威《こけおど》し、恐れる場所ではないと思い込んだあたりで、アイリーンは冒険者たちが戦っている現場に遭遇したのだった。

冒険者……望郷のメンバーは何やら怪しげな行動をしていた。一人だけに戦闘を任せ、他の者たちは後ろで距離を取って見守っているだけだった。

その一人も、両脇に魔狼を抱えて、見たこともない二体の石像のような魔獣に向かって行っている。

奇妙で、どこか滑稽《こっけい》な風景だった。

曲芸をしている道化《ピエロ》にすら見える。

見ている間に、冒険者は石像のような魔獣の一体を倒してしまった。

あんな悪ふざけをしながら倒せる魔獣であれば、自分たちにも簡単に倒せるだろう。虚仮威《こけおど》しであっても、悪名高い城塞迷宮《シタデルダンジョン》だ。そこの魔獣を倒した実績があれば、箔《はく》が付く。

持て囃《はや》され、英雄と称えられるだろう。

城塞迷宮《シタデルダンジョン》から凱旋《がいせん》した後に語られる英雄譚に、花を添えることになる。

アイリーンを主人公とした物語の、一つのエピソードになる。

そう考えたアイリーンは、この戦闘に介入し、残りの一体を倒してしまうことにした。

女騎士の一人、魔法に長《た》けているヘザーに魔法を放つように指示すると同時に、剣を掲げて叫ぶ。

「瑠璃唐草《ネモフィラ》騎士団団長、アイリーン！　助太刀いたします!!」

芝居の見せ場を意識して、凛々《りり》しく、堂々と宣言した。

アイリーンたちの接近にすら気付いていなかった望郷のメンバーが、驚きの目を向ける。魔獣を倒した後に、その視線が羨望《せんぼう》の眼差しに変わり、賞賛の言葉をかけられるのを想像して彼女の頬は緩みそうになったが、見せ場を崩さないように必死に耐えた。

ヘザーが放った炎の槍《ファイアーランス》の魔法は、なぜか不完全な状態で発動され、崩れた形で眩い光を漏らしながら石像の魔獣に向かう。

不完全な魔法の余波か、生ぬるい風が吹き抜けてヘザーの短い髪を揺らしていた。

「動くなよ。動いたら、首を引き裂く」

突然、首元にチクリと針を刺されたような痛みを感じたと思ったら、男の声が背後から聞こえた。

「お前らも動くな。動いたら、この女がどうなるか、分かるな?」

気付いた時には剣を奪われ、アイリーンは腕をねじり上げられて身動きできなくなっていた。

「アイリーン様!! 貴様は!?」

イヴリンの荒らげた声が響く。アイリーン自身は、首に感じる刃物の感触に声すら出せない。アイリーンを襲った男は目の前で戦闘をしていたはずの、望郷の一人だった。

「余計なことしやがって! リーダーにもしものことがあったら、全員殺すからな」

彼は怒気を孕《はら》んだ声を、アイリーンたちにぶつける。研《と》ぎ澄《す》まされた刃物のような殺気に、全員の動きが止まった。

本気だ。アイリーンの首に当てているのは暗殺者刀《アサシンナイフ》だった。男の殺気を具現化したように、鋭利な刀身を輝かせていた。

「……余計なこと？　我々は貴様らを助けようと……」

イヴリンが宥めるように言うが、男は視線を向けようとすらしない。その目は真っ直ぐに、彼の仲間たちが戦っている方向を見ている。

「見ろ、お前らのせいで、リーダーが傷付いた」

「え？」

その言葉に促されて目を向けると、男が肩から血を噴出させながらも戦っていた。

近接で魔法攻撃をしているらしく、その男と石像の魔獣とのわずかな間の空間が焼け焦げるように変色していく。まるで間に硝子《ガラス》を挟んで炎で炙《あぶ》っているようだ。

周囲には白い霧が舞っており、男に襲われて目を離した間に状況が大きく変わったことを示していた。

「!?」

アイリーンは石像の魔獣の背後から、黒い鞭《むち》のようなものが素早く伸びるのを見た。それは戦っている男の視界から逃れるように大きく湾曲《わんきょく》し、男の背後へ回り込んだ。

一瞬の出来事だった。

離れた位置で見ていたからこそ、気が付けたのだろう。

声を掛ける時間すらなかった。

巧《たく》みに死角を狙って飛び出してきた黒い鞭に、戦っている最中の者たちが気付けるはずがない。

黒い鞭の先端は、男が抱えていた魔狼に突き刺さった。

その時、魔道石像《ガーゴイル》が剣に貫かれ、周囲に火の粉を撒き散らしたのだった。


ディートリヒの周囲に、火の粉が舞い落ちる。

それは炎の魔法を纏わせた剣によって貫かれ、砕け散った魔道石像《ガーゴイル》の肉体の成れの果てだ。大きな火の粉が肌や髪を焦がすが、ディートリヒは気にも留めていない。

「……おい……」

ディートリヒの視線は、自分の腕に抱えた赤い魔狼に注がれていた。

赤い魔狼は、ディートリヒの声に答えることはない。指先一本すら動かすことはない。その全身からは力が抜け、大きく振られていたシッポも垂れ下がっていた。

「おい！　どうしたんだよ⁉」

ディートリヒは軽く揺さぶって反応を確かめたが、力なく揺れるだけだ。

ディートリヒの傷付いた肩から流れる血は、赤い魔狼の毛皮を汚していく。血が流れるにつれて腕の力が抜けていき、赤い魔狼の身体が滑り落ちそうになった。

「⁉」

慌ててディートリヒは握っていた剣を投げ捨て、その手で赤い魔狼を抱きとめる。

だが、それでも、赤い魔狼は動くことはなかった。

「どうしたんだよ！」

強く抱きしめる。その時、しっかりとした心音を感じて、やっと安堵の息を吐いた。

気絶しているだけだ。

全身を眺めて確かめるが、ケガを負っている様子もない。血塗れだが、その血は全てディートリヒの肩から流れ落ちたものだった。

「リーダー！　気を付けて‼　まだ何かいる！」

「え？」

コルネリアの声が飛ぶ。それに反応し、ディートリヒは即座に周囲を警戒するために頭を上げた。

そして目にしたのは、漆黒の鞭だった。すでに眼前に迫っている。

この攻撃を、ディートリヒはすでに一度目にしたことがあった。昨夜のグリフォンたちの襲撃で見た、影魔法の攻撃だ。間違いない。

しかし、ディートリヒに対処できる手段はなかった。

眼前に迫っているため、避けるには遅過ぎる。剣は投げ捨て、今は赤い魔狼を抱いている。肩を切り裂かれた方の腕は、力が抜けてまともに動きそうもない。

わずかな希望にかけ、膝を折り身体を丸めて頭を下げようとした瞬間。

ディートリヒと漆黒の鞭の間に青い影が割り込んだ。

「キャン！」

悲鳴が響く。

その悲鳴で、ディートリヒは割り込んできたのが青い魔狼だと気付いた。また身を挺《てい》して守ってくれたのだと、理解した。

「リーダー！　後ろへ!!」

コルネリアの叫びを聞き、考えるよりも先に身体が動いていた。ディートリヒは後ろへ跳んで距離を取る。

だが、大きく弧を描き、予想外の方向から飛んできたもう一本の漆黒の鞭が、ディートリヒへと突き刺さった。

それは赤い魔狼を抱えている方の肩に突き刺さり、そのまま骨すら砕いていく。腕の力は一気に抜け、赤い魔狼がディートリヒの腕の中から溢れ落ちていく。

「あ……」

ディートリヒはなんとかそれを止めようとしたが、反対の腕はすでに動かない。赤い魔狼を抱えられる腕は存在しなかった。

床へと転がり落ちる赤い魔狼。

ディートリヒの血で汚れていた毛皮が、転がる度に床に赤い染みを作っていく。

ディートリヒ自身も攻撃を受けたことでバランスを崩し、腕が動かない彼は顔面から床へと崩れ落ちた。

コルネリアはその光景を目前で見ていた。だが、助けることはできなかった。

コルネリアはディートリヒと入れ替わるように前へと走り出て、攻撃を加えるつもりで動いていた。今、ディートリヒと赤い魔狼を助けるために動きを変えれば、さらに状況は悪くなる。

彼女の手には、戦槌《ウォーハンマー》。ディートリヒが魔道石像《ガーゴイル》に投げつけ、床に転がったままになっていたものを、途中で拾い上げていた。

大きく振りかぶり、狙い澄ます。

その狙いは、漆黒の鞭が伸びている付け根の部分だ。

そこには何もないように見えるが、しかし、漆黒の鞭が伸びてきている以上は何かがあるはずだった。

「はぁぁあ！」

気合の叫びと共にコルネリアが戦槌《ウォーハンマー》を振り下ろす。

ゴッという重い音と共に、空中で戦槌《ウォーハンマー》が止まった。

ディートリヒは床に転がり、その光景を見つめていた。

顔面を床に打ち付けたため、鼻血を流している情けない姿だ。両腕が動かないため、立ち上がることすら上手くできない。

青い魔狼は、攻撃を受けた位置で漆黒の鞭に搦《から》め捕られて宙に浮いていた。脱力しており、青い魔狼もまた気絶させられたようだ。ギリリと、ディートリヒの噛み締めた奥歯が鳴った。

その時、コルネリアが振り下ろした戦槌《ウォーハンマー》を中心にして、空間が歪む。

「まだ……いたのか……」

歪んだ空間から浮き上がるように現れたのは、蛇を身体に絡めた女性の石像。幻惑魔法を使う魔道石像《ガーゴイル》だった。姿を現した瞬間に、魔道石像《ガーゴイル》は崩れ落ちる。

「コルネリア！」

新たな漆黒の鞭が魔道石像《ガーゴイル》の背後から伸びる。

それに気付いたディートリヒは、無理やり上半身を起こして叫んだ。腕で支えられない身体はバランスを崩し、自らが流した血で濡れた床に足を取られて、再び転ぶ。

「大丈夫よ」

コルネリアは戦槌《ウォーハンマー》の攻撃の反動を利用して、後方に宙返りをする。その一瞬後に、コルネリアの頭のあった位置に漆黒の鞭が飛んできた。

宙返りをしていなければ、直撃していただろう。

コルネリアは床を蹴って、曲芸師のように後方宙返りを繰り返して距離を取った。

崩れ落ちる魔道石像《ガーゴイル》。

その背後から姿を現したのは、グリフォンだった。

背後に闇の魔力が目に見えるほど濃く渦巻き、漆黒の鞭はそこから伸びていた。

グリフォンは外見で見分けがつかない。しかし、闇魔法を使っていることから、間違いなく昨夜襲撃してきたグリフォンの一匹だ。その翼や身体にはわずかな傷が残っていたが、昨夜受けた傷はほとんど治ってしまっているようだった。驚異的な治癒能力だ。

その目には、昨夜感じた強い恨みの色はない。ただ、獲物を弄《もてあそ》ぶ喜びに満ちていた。グリフォンは転がる赤い魔狼に近づくと、触手のような影を出して拘束した。

「やめろ！」

ディートリヒは叫ぶが、その声が届くはずがない。ヒューイ、とグリフォンがひと鳴きすると、人の背丈ほどあるオウムに似た魔獣がどこからともなく飛んでくる。

「やめろ!!」

その叫びに呼応するように、複数の雷撃がオウムを襲う。ベルンハルトが放った雷撃の魔法だ。

だがそれも、あっさりとグリフォンの漆黒の鞭で叩き落とされた。妨害され威力が下がっている魔法では、相手に傷一つ付けることができなかった。

グリフォンは影の触手を操り、二匹の魔狼をそのオウムの魔獣に向かって放り投げた。

「やめろって言ってんだろ!!」

ディートリヒは立ち上がろうとするが、やはり血で滑って立ち上がれない。

再び、グリフォンに向かって雷撃が飛んだ。それも、あっさりと影の触手で弾かれる。

同時にディートリヒは、足を強く引っ張られるのを感じた。

ディートリヒの身体が引きずられ、グリフォンから遠ざかっていく。

「待て！　オレは、助けないと!!」

「無理よ。距離を取ってケガを治すわ……」

足を掴んで引きずっているのは、コルネリアだった。ベルンハルトが魔法でグリフォンを牽制している間に、コルネリアがディートリヒを救出したのだ。

「ケガを治してから助けに行けばいいわ。大丈夫、双子は殺されない。ベルンハルトが双子に使われたのは気絶《スタン》の魔法だって言ってたから。今殺さないってことは、理由があるはずよ」

コルネリアの言葉は、根拠のない気休めだ。それはコルネリア自身が一番よく分かっている。だが、ディートリヒを納得させるにはそう言うしかなかった。

オウムの魔獣は双子を受け取ると、そのまま通路の奥へと飛び去って行く。

「どこへ……」

コルネリアに引きずられながら、ディートリヒはその様子を見つめていた。

その声に、答えるものはいない。誰も双子が連れ去られた先を知らない。

唯一答えられるとすれば、そのままの位置で立ち塞がっている闇魔法のグリフォンだけだろう。

しかしそのグリフォンは、望郷のメンバーに興味深そうな視線を向けるだけだ。

それは、獣が獲物に向ける視線だった。


〈む？〉

グリおじさんは小さく呟くと、思案するように視線をあらぬ方向に這わせる。

「どうかした？」

〈いや、何でもない。気にするな。少し嫌な感じがしただけだ〉

そう言いながら、グリおじさんは一瞬だけ浮かんだ表情を押し込め、真顔になる。ロアが目にしたその表情は困惑したような、どこか悲しみとも笑みとも見える微妙な表情だった。

〈行くぞ〉

さらに問いかけようとするロアを無視し、グリおじさんは風の魔法を操って天井に開いた穴を潜《くぐ》り抜けた。

風を感じる。

そこは最上階。

窓は全て壊され、外気が流れ込んできていた。

元々は宴会用の広間だった場所を、さらに周囲の部屋との仕切りを取り除いてあり、グリフォンの巨体でもゆったりと過ごせるようになっていた。

ここはグリフォンの巣だ。城塞迷宮《シタデルダンジョン》という広大な縄張りを見渡し管理するために、グリフォンたちはここを住処にしていた。

家具は何もない。天井にあったはずの照明もない。ただ、広々とした空間があった。

〈さて、真打《しんうち》の登場だな。ヒヨコの中では見どころがあるやつだったが、どれほど成長できておるか楽しみだ〉

クックックッと、グリおじさんは笑う。その視線の先は一段高くなっている場所だ。本来、宴席などでこの城の主が座《ざ》すための場所に、それはいた。

「……似てる」

思わず、ロアは呟いた。そこにいたのは一匹のグリフォンだ。

高くなっている場所に寝そべり、まるで石像のように動かない。その目は真っ直ぐにロアとグリおじさんを見つめていた。

その姿が、どことなくグリおじさんに似ていると感じたのだった。

「む？」

グリおじさんは不満げにロアを睨みつける。

横目で睨まれ、ロアは珍しく申し訳なさそうな表情を作った。これから戦うべき相手なのだ。その相手に似ていると言われて良い気分になるわけがない。

「あー。その、なんとなく、雰囲気というか、全体的な感じが……」

本来、グリフォンの見た目の個体差はほとんどなく、人間が見分けることは難しい。

だが、長年グリおじさんと暮らしてきたロアは、高確率で見分けることができた。ここに来るまでに見た四匹のグリフォンも、人間の顔と同程度には見分けられている。そのロアが似ているというのだから、本当に似ているのだろう。

ただ、ロア自身にもどこが似て見えたのか言い切れなかった。

あくまで、全体的な雰囲気が似ていただけだ。

「でも、よく見たら全然違うから！　爪も嘴《くちばし》も手入れできてなくて伸びっぱなしで整ってないし輝きも悪いし、毛皮も毛玉だらけで汚れてるし羽毛もボサボサだし、翼も艶《つや》がないし！　目はグリおじさんの方が鋭いけど、あっちは荒《すさ》んで淀んでるっていうか、不健康な生活してそうで！　目のとこに変な傷がついてて、弱そうだよね？　あれきっと、自分ではカッコイイと思ってるんだよ？色も全体的にぼんやりしてて薄汚れてて影が薄い感じがするよね。というか……その、全体的に、グリおじさんに似せて作った偽物みたいな感じ？　それに、うわぁあ!!」

突如、ロアに向かって深紅《しんく》の火の玉が飛んできた。ロアは思わず叫んで身体を縮めたが、あっさりとグリおじさんの風の魔法で防がれた。

〈小僧！　良い挑発だったぞ！〉

上機嫌でグリおじさんが言う。

「挑発したつもりは……」

〈見よ！　あの怒りに震える情けない姿を！　何やら堂々としているフリをしながら裏で大規模な魔法を準備していたようだが、怒りに我を失い、小僧に小さな火の玉を飛ばす程度しかできなかったぞ！〉

「えっと、本当に挑発してないんだけど……」

〈いいか小僧。ヒヨコどもは詠唱魔法どころか、飛行魔法以外では魔法の二重発動すらできぬ未熟者なのだ！　それ故に、わずかな怒りで魔法の制御を見失う。氷のやつも土のやつも最初だけ大きな魔法を使って、その後は大したことがない魔法しか使えなんだであろう？　感情に揺らぎがあるとあの程度の魔法しか使えぬのだ！　挑発は実に有効だぞ！　よくやった!!〉

褒められているが、ロアは段々と情けない気分になってくる。

ロアはあくまでグリおじさんに対して言い訳をしていただけだ。敵に似ていると言われて不機嫌になってしまったグリおじさんに、見た目の違いを教えていたに過ぎない。挑発して怒らせるつもりはなかった。

だが、実際に目の前にいるグリフォンは、獣毛も羽毛も逆立たせ、荒い息を吐き、全身で怒りを表していた。

しかもロアを真っ直ぐに睨みつけている。見事に挑発されている。

今までグリおじさんのオマケ程度にしか思われていなかったようだが、今はしっかりと敵認定されてしまっていた。

どうも、グリおじさんと比較され扱《こ》き下《お》ろされたのが、グリフォンを激怒させるツボだったらしい。グリおじさんをとことん嫌っているからこそ、許せないのだろう。

〈よし！〉

グリおじさんがニヤリと笑う。それと同時に、グリフォンの背後からロアたちの位置まで突風が吹いた。

〈人質を返してもらったぞ！〉

突風に乗り、一人の人間が浮き上がる。

それはグリフォンが自身の背後に隠していた、人質だ。氷と闇魔法を使う二匹のグリフォンによってさらわれた兵士だった。

効果的な機会を狙って使うつもりで隠していたのだろうが、グリおじさんは最初からその位置を把握していた。

〈大事な切り札への注意すら失うとはな！　気を付けていれば、貴様の背後で我が魔法を発動するのも分かったはずだ。遠隔発動の魔法に気付かぬなど未熟過ぎるぞ！〉

グリおじさんは盛大に嘲笑う。

背後で魔法を発動させられたということは、背後から攻撃を加えることができたということだ。バカにするのも仕方ない。

突風に乗った人質の兵士は、風の流れに身を任せて動かなかった。

だが、気絶しているだけなのだろう。距離があっても人間の状態を把握できるグリおじさんが、まだ『人質』と言っている以上は、生きているはずだ。死体ならハッキリと死体と言っているだろうし、それならロアに配慮していたとしても助けたりはしない。

突風に乗って運ばれる人質を見たグリフォンは、慌てて魔法の火の玉《ファイアーボール》を撃つが、グリおじさんの魔法で守られた人質に届くことはなかった。

〈小僧、受け取れ〉

そう言うと、グリおじさんは前に一歩出てロアとグリフォンの間に入った。

人質を受け止める時はどうしても魔法を解かなくてはならない。受け取る側も、受け止められる側も無防備になるのだ。そのため、グリおじさんはロアのための盾として前に出たのだった。

グリフォンは怒りに任せて魔法の火の玉《ファイアーボール》を撃ちまくっている。グリおじさんが守っていなければ、ロアたちはすぐに焼死体になってしまうことだろう。

「よっと」

ロアは、風魔法で運ばれてきた人質の兵士を受け止めた。兵士だけあってロアより大きな男で、以前なら受け止めることは不可能だっただろう。

だが、今のロアはコルネリアから学んだ身体強化で、筋力を上げることができた。成人男性の一人なら余裕だ。ただ、風の魔法が解かれたことで人質の兵士はロアにのしかかるようになり、多少バランスを崩してよろついた。

いくら身体強化の魔法で重い物を持てるようになったからと言っても、それを支えられる体勢が身についているかは別問題だった。ロアはまだまだ修業が必要らしい。

「良かった、生きてた」

兵士の手首を掴むと、しっかりとした脈動を感じる。気を失っているだけだ。

普通ならまだ意識がないため安心し切れない状況だろうが、ロアには治癒魔法薬がある。よほど困難な状況でない限り、治す自信があった。

〈さあ、人質という奥の手もなくなったな。どうする？　今なら地に頭をこすり付け、我に忠誠を誓うなら許してやるぞ？〉

グリおじさんのその言葉で、打ち込まれる魔法の威力と頻度がさらに上がった。絶対に嫌だという意思表示だ。グリおじさんに忠誠を誓うくらいなら、戦って死ぬということだろう。

〈我の配下に下るつもりはないということか。まったく、丁寧に厳しく育ててやったのにその恩を忘れおって。情けない連中だ！〉

「あー。それが悪かったんだね……」

兵士を床に寝かせて治癒魔法薬を振りかけながら、ロアは呟く。

兵士は全身に細かな傷を負っていた。致命傷になるものはないが、運ばれる間に付いたのだろう。鋭い爪で突き刺されたものや、打撲の青痣《あおあざ》もあった。

治癒魔法薬で傷が治っても、兵士は目を覚まさなかった。下手に目覚められても、周囲の状況を見てパニックを起こすだけだ。気絶しておいてもらった方がいい。ロアはそのまま放置することにした。

「グリおじさんが厳しくって言うくらいだったら、本当に厳しかったんだよね？　グリおじさんは限度を知らないし、自分を基準にして考えるから無茶苦茶だしね。きっとそれで恨まれてるんだよ。

双子は体力があったからグリおじさんが教えてても大丈夫だったけど、それでも時々ぐったりしてたからね。外に連れ出したりオレの部屋に避難させたりして、調整してたんだんだよ？　今は適度にグリおじさんのことを無視して、自分たちで調整してるみたいだけど」

〈なにを！　我はいつでも懇切丁寧《こんせつ》に！〉

「それ、追い詰めてるだけだからね」

グリおじさんは加減を覚えた方がいいよと、ロアは一人納得した。

グリおじさんが心行くまで鍛錬をしていたのなら、たとえ丈夫なグリフォンでも死ぬような思いをしていたことだろう。恨まれても仕方ない。

しかもそれが毎日続くのだ。まともな食事の時間や、寝る時間すら、あったかどうか怪しい。

ロアは迷宮主《ダンジョンマスター》であるグリおじさんが、悪徳領主のような圧政を敷いていたのかと想像していたが、事実はそれよりも酷かったようだ。

修業という名の虐待だ。グリおじさんが厚意のつもりだっただけに、質《たち》が悪い。

〈ま、まあ、昔のことはどうでもいい！　今の問題は、こやつらが我に逆らい、攻撃を仕掛けていることだ！　許されることではない!!〉

グリおじさんはロアの指摘を大声で誤魔化《ごまか》した。

若干、ばつが悪そうにしているが、反省している様子はない。

本当に大切なもの以外は、どうなろうと気にしないのがグリおじさんだ。鍛錬のやり過ぎで恨みを買っていたくらいで反省などするはずがない。たとえ鍛錬で殺してしまっても、その程度で死ぬやつが悪いと言い放つことだろう。

例外は、今ならロアと、双子の魔狼だろうか。

それ以外は多少情けをかけた相手であっても、いざとなったら平気で見捨てる。自分が悪くても気にもかけない。

人質になっていた兵士を助けたのも、ロアが助けたいと思っていたからであって、グリおじさんとしては見殺しどころか、攻撃の巻き添えになっても微塵《みじん》も気にしなかっただろう。むしろ邪魔だと思ったら率先して殺していたかもしれない。

〈む？　小僧、少し下がれるか？〉

「うん」

何かを感じ取ったのだろう、グリおじさんが指示を出し、ロアは素直にそれに従った。気絶している兵士を抱えると、足早に後ろへ向かって走る。

それとほぼ同時に、グリおじさんの目の前に石の壁がせり上がった。別のグリフォンの仕業だ。攻撃を防ぐというよりは、グリおじさんの視界を奪うのが目的のような位置だった。

〈土魔法のやつが応援に来たか！　一度逃げた小心者が！　小細工をしおって！〉

グリおじさんが風の刃《ウインドカッター》を放って切り裂く。崩れ落ちようとする石の壁を押し崩すように、壁の後ろから雪崩《なだれ》のような勢いで大量の太い蔦が溢れ出た。

〈今度は植物魔法のやつか！　我を楽しませるためにヒヨコどもが顔を揃えてくれたらしいな！〉

グリおじさんはその蔦も切り裂いていく。だがその量はすさまじく、切り裂く端から再生していくため、視界が開けることはない。

そこに、床から無数の石柱が生えた。森の木々のように石柱が立ち並び、床を埋め尽くしていく。

蔦はその石柱の間を蛇のようにすり抜け、なおもグリおじさんに向かってきた。

グリおじさんは風の刃《ウインドカッター》で蔦を切り裂き続けるが、石柱が邪魔になり、対処が遅れつつあった。

〈邪魔だ！〉

質より量の攻撃に、グリおじさんが苛立った声を上げる。

声と共に、グリおじさんは風の刃《ウインドカッター》を放ちながらも追加で炎の槍《ファイアーランス》を撒き散らした。風の刃《ウインドカッター》は石柱を砕き、炎の槍《ファイアーランス》は蔦を焼いていく。燃え盛る炎がグリおじさんの視界をさらに奪った。

「けほっ」

蔦が燃える煙に、ロアが咳《せ》き込んだ。

〈すまぬ。防御が緩んでしまったようだ〉

再び増え続ける石柱と蔦対処しながら、グリおじさんは風を操り、ロアの周囲を換気した。

石柱と蔦を壊し焼き尽くす風の刃《ウインドカッター》と炎の槍《ファイアーランス》、そして防御のための風魔法を常時発動し続け、風を操作して換気をする。

並みの人間であれば、その内の一つを発動させるのにも集中を必要とする魔法ばかりだ。それをグリおじさんは四つ同時に操り、しかも連発していた。

〈なるほど、小規模ながら対処が面倒な魔法を使い続け、我の集中力を奪う計画か。我に大魔法を使う隙を与えないつもりだな？　ヒヨコどもも、多少は頭を使うようになったようだな！〉

「グリおじさん！　上！」

〈小僧、騒ぐでない〉

宴会場の高い天井まで届く巨大な氷塊。それが頭上から迫ってくる。

〈我をこの程度で倒せるはずがないであろう？〉

グリおじさんは複数の石の槍を生み出して、その氷塊を貫いた。

〈ふ、どうせその氷の背後に追加を隠しているのであろう？〉

グリおじさんは余裕の笑みで自分の頭上に無数の水球を作り出す。

土魔法の石柱、植物魔法の蔦、氷魔法の氷塊。

先ほどまで戦っていた、火の魔法を使うグリフォンの攻撃が止まっている。この魔法の猛攻に隠してさらなる攻撃を仕掛けてくるとすれば、火魔法の攻撃だろう。怒りに満ちていた頭を冷やし、大規模な魔法を仕掛けてくるはずだ。

グリおじさんはそう予測を立て、なおかつどんな魔法にも対処しやすい水魔法で水球を作り、迎撃の準備をしていた。

砕けた氷塊の向こうに、火魔法の輝きが見える。

グリおじさんの予測は当たっていた。

だが……。

〈なに!?〉

砕けた氷塊と、その背後に準備されていた巨大な火の玉。

その間に何かが放り投げられた。

「え？　双子？」

グリおじさんが攻撃できない存在の一つ。

それは、双子の魔狼の片割れ。赤い魔狼だった。

ロアが驚きの声を上げる。ここにいるはずがない存在だったからだ。

全身は脱力しており、宙を舞う勢いに手足とシッポがはためいている。その姿を確認し、ロアも
〈ちぃ！〉

グリおじさんも驚きで動きが一瞬止まる。

魔法の水球をそのまま保留し、グリおじさんは飛んだ。

「グリおじさん！」

〈魔法で引き寄せる余力がない！〉

グリおじさんは迫る巨大な火の玉の前に飛び出し、嘴で赤い魔狼を受け止める。そして身体を丸めると、火の玉に背を向けた。

「グリおじさん！」

巨大な火の玉はグリおじさんの背中にぶつかった。

〈なに、この程度の種火《たねび》、我に防げぬわけが……〉

背中に風の魔法を展開しているのか、グリおじさんに当たる寸前で火の玉は止まっていた。落下すれば、下にいるロアにまで害が及ぶ。そのままの位置で火の玉を押し留めて処理するしかない。

グリおじさんは火の玉を打ち消すために、保留していた水球を動かした。

しかし、水球が火の玉に当たる前に、無数の石の槍が水球へと突き刺さって砕いてしまった。

〈邪魔をするな！〉

石の槍の一部はグリおじさんに向かう。いや、それはグリおじさんの嘴に咥《くわ》えられている赤い魔狼を目指していた。

グリフォンたちは、魔狼を攻撃する方が有効だと判断した。

直接グリおじさんを攻撃するよりも、そちらを狙った方が攻撃を当てやすく隙を生みやすい。なにせ、グリおじさん自身が盾になるために当たりに来てくれるのだ。

そしてまた、もう一人、グリおじさんが必死に守っている存在も確認していた。

直接的な被害のない煙すら近づけようとしなかった人物。

もちろん、ロアのことだ。

鋭いトゲを持った蔦が、床を這い、ロアに向かって伸びる。

〈貴様ら!!〉

その声は本気の怒気を孕んでいた。グリおじさんは石の槍と床を這う蔦を、風の刃《ウインドカッター》で切り払う。

ロアの周囲には竜巻のごとく強風が吹き、ロアの守りを強化した。

グリおじさんが本気になったことで、焦っていると判断したのだろう。グリフォンたちの攻撃はさらに激しくなった。

ロアの傍らから離れたことで、グリおじさんの手間も増える。防御も迎撃も、それぞれ二カ所へ分けて魔法を施す必要が出てきた。

当然ながら、グリおじさんにかかる負担も倍だ。

しかもグリフォンたちは、手数を増やすために無差別に魔法をばら撒いているのか、攻撃に法則性がない。そのせいで、グリおじさんは迎撃に、複数の魔法を高い精度で行使しないといけない。

グリおじさんが同時に制御している魔法はすでに二桁を超えている。

全て初歩的な魔法のため魔力が切れることはないだろうが、それでも、グリおじさんに焦りが見え始めていた。

グリおじさんの限界は近い。

グリフォンたちはそう考えたのだろう。魔法が飛び交う戦場に、もう一つの切り札を投入したのだった。

「え！　何で！」

それを見たロアが声を上げる。

ロアが見たのは、青い魔狼だった。

先ほどの赤い魔狼と同様に、全身を脱力させたままで宙に舞う。グリフォンたちが死角から放り投げたのだ。

それはグリおじさんからもロアからも、微妙に離れた位置だった。

〈貴様ら！　許さんぞ！〉

青い魔狼への防御魔法、そして、青い魔狼を受け止めるための魔法を使おうとした時。

グリおじさんが背にしていた巨大な火の玉が変化した。

今まで赤い炎だったものが、白く輝き、そして青白く変わっていく。

それは温度が上がったことを示していた。

炎は青に近づくほど高温となる。

赤や黄色なら数千度、青なら一万度にすら達する。

〈ぐぉぉぉ！〉

言葉にならない叫びと共に、グリおじさんの口からピーーという悲鳴が漏れた。

〈ぐおおお！〉

「グリおじさん！」

周囲に立ち込める何かが焦げる匂い。高温に達した火の玉の熱は、グリおじさんの防御すら突き抜け、その背を焼いていた。

〈小僧！　そちらに落とす！　受け取れ！〉

苦痛に顔を歪めながら、グリおじさんは風の魔法を使って、青い魔狼をロアの下に誘導した。

落ちてくる青い魔狼を、ロアは受け止め抱きしめる。体温が伝わってくる。心臓も動いている。

気絶しているだけだ。

それを確かめ、ロアはホッと息を吐いた。

そこに、上から何か覆い被さってきた。

〈……すまぬ……〉

慣れ親しんだ手触りの毛皮。グリおじさんだ。

ゆっくりと覆い被さってくるグリおじさんに、ロアは膝を折ってしゃがみ込んだ。

〈油断した……〉

グリおじさんは、嘴に咥えていた赤い魔狼をロアへと預ける。そして、ロアたちを自分の体の下に入れると、翼を大きく広げて包み込んだ。

「……グリおじさん？」

いつもなら陽《ひ》だまりのような柔らかい匂いがするのに、焦げた臭いが鼻を突く。

床から振動が伝わってくる。

ロアたちに覆い被さり、守ってくれているグリおじさんが攻撃されているのだ。

グリおじさんの翼に包まれ、視界が塞がれているせいで分からないが、猛烈な攻撃が降り注いでいるのだろう。

「グリおじさん？」

〈……〉

ロアは両腕で双子を抱きしめる。ぐったりとして意識もないが、温かさは伝わってきた。

〈……小僧。我はここまでかもしれん……〉

ガクリと、グリおじさんの膝が崩れ、その身体がのしかかってきた。

その動きに逆らえず、ロアは双子を抱きしめたまま体を横たえた。寝そべったまま、グリおじさんに全身を抱きしめられているような状態になった。

「……グリおじさん？　嘘だよね⁉　冗談だよね！！？」

グリおじさんの身体はまだ温かい。心音だって伝わってくる。膝を折り、全身をロアの上に被せてきているが、体重をかけてくることはない。まだ身体に力が入っており、ロアを押しつぶさないようにしているのだ。

ロアの手に、温かい液体が伝った。

粘りのあるそれは、グリおじさんの身体から伝い落ちてきている。手だけではない。それはロアの首元にも頬にも流れてくる。

ロアはそれから目を背ける。

見てしまったら、それが何かを理解してしまうから。グリおじさんが傷付いていることを知ってしまうから。

〈……小僧。最後に、せめて……〉

「バカなこと言わないで！　最後なんて……そんな……そんな……」

グリおじさんがやられるはずがない。

あれほど自信満々だったのに。遊び半分で戦いながら、圧倒的な力を見せていたのに。

ロアの目から涙が伝う。

「今、魔法薬を！」

そう言って、ロアは肩にかけている魔法の鞄《マジックバッグ》から治癒魔法薬を取り出そうとするが、グリおじさんの身体が覆い被さっているせいでバッグに手を回せない。

「グリおじさん！　お願い！　身体を少し持ち上げて！」

〈すまぬ。もう……無理だ〉

「そんな！　薬があるのに!!」

少し手を動かせば届く所に、治癒魔法薬があるのだ。どんな傷でも治せるのに。

床からなおも振動が伝わってくる。

それは硬く重い物が大量に落下している振動だ。全てグリおじさんに向かって落ちてきているはずだ。

ロアはそれらを受け止めているグリおじさんの痛みを想像して、目を固く閉じた。

〈……最後に……最後に、双子の名を教えてくれぬか？　双子に付けるはずだった名を……〉

ロアは双子を胸に抱いたまま、グリおじさんの毛皮に縋《すが》り付いた。

毛皮を握りしめ、しっかりと身体を寄せる。

グリおじさんの毛皮は真っ赤に染まっていた。グリおじさんの命が流れ落ちていく。

ロアは喉から漏れそうになる嗚咽《おえつ》を呑み込んだ。

「ぐっ……ぐす……双子の名前は、ルビーとサファイアに関係ある名前に……ぐっ……しようと思ってたんだ」

上手く言葉にできない。話していると、今にも泣きわめきそうになる。

〈ああ……それはいいな。双子にぴったりだ〉

グリおじさんの声が、段々と弱まってきていた。

「ルビーとサファイアの古語《こご》で、『ルベウス』と……『サフィルス』。でも、それじゃ、可愛くないから……」

ロアは涙声にならないように、一度大きく息を吸い込んだ。

双子の名前は以前から考えていた。グリおじさんから双子が名付けを望んでいると聞いていたし、双子自身からもそういった雰囲気が伝わってきていた。

だが、踏ん切りがつかなかった。

自分なんかの従魔にしてしまっていいのか、分からなかったのだ。

「可愛く、呼びやすいように、一部だけ取って、『ルー』と『フィー』。どうかな？」

ロアは微笑んだ。

悲しい気持ちで双子の名前を伝えたくない。

その一心で、無理やり笑顔を作った。だが、流れ続ける涙は止まってくれない。

ロアは軽い目眩《めまい》を覚えた。グリおじさんやピョンちゃんの時と同じ感覚だ。

従魔契約が結ばれた時に感じる目眩だった。

双子の魔狼《本人たち》に意識がなくても契約が結ばれるものなんだなと、ロアは場違いな感心をした。

〈……クク……〉

ゆっくりと、グリおじさんの身体が揺れ始める。

「グリおじさん!?」

痙攣《けいれん》のような動きに、ロアは焦り、叫びを上げる。攻撃される苦痛に身体が耐え切れなくなったのかと思った。

〈……ククク……フハハハハハハハ!! やっとだ!! やっとだぞ!! 小僧はどれだけ我に手間をかけさせるのだ!!〉

ロアは耳を疑った。グリおじさんは、笑っていたのだ。それも、全身を震わせるほどに。

〈双子よ! いや、ルーとフィーよ!! 聞いたな!?〉

グリおじさんは身体を持ち上げる。先ほど、もう無理だと言っていたはずなのに。

〈〈聞いたーーーー!!〉〉

可愛らしい二つの『声』が聞こえた途端、驚きでロアの涙は止まった。

気絶していたはずの魔狼の双子がロアの腕の中で動いた。

〈ルー!〉

赤い魔狼……ルーが前足でペシリとロアの胸を叩く。

〈フィー!〉

青い魔狼……フィーが前足でペシリとロアの胸を叩く。

二匹して、キラキラとした瞳をロアに向ける。

〈〈ロア、大好き!!〉〉

勢いをつけて、二匹は自分の頬でロアの顔を挟み込み、撫でるように優しく当てる。普通なら至福の状況なのだろうが、ロアは驚いたままの表情で固まっていた。

〈まったく、絶体絶命の演出は苦労したぞ。何度ヒヨコどもを殺して終わりにしようと思ったことか。む、鬱陶しい〉

グリおじさんが、ロアたちに被せていた翼を大きく羽ばたかせる。翼の動きに連動するようにグリおじさんの周囲に風が渦巻き、波紋のように広がっていく。風はグリフォンたちが放っていた魔法の全てを弾き飛ばし、挙句《あげく》の果てにグリフォンたちまで吹っ飛ばした。

吹っ飛ばされたグリフォンたちは無惨にも壁に打ち付けられ、そのまま風で押し付けられて磔《はりつけ》状態で拘束されてしまう。

「え? グリおじさん、立ってる?」

ロアはまだ状況が理解できていない。

双子を抱きしめて寝転んだままの状態で、いつの間にか立ち上がっていたグリおじさんを見上げた。

〈問題はないぞ！　小僧に魔法薬を使われたら、傷付いた危機的状況にならぬからな！　使われないように押さえつけていただけだ！　まったく、小僧の薬は厄介だ。一気に戦局がひっくり返るからな〉

「でも、ケガ……」

〈ケガなどしておらぬぞ？〉

「血が……」

〈本物に見えるであろう？　水魔法だけでは作れなんだのでな！　土魔法で顔料《がんりょう》を作って混ぜ込んで色を作っておるのだぞ！　こう見えても、下手な複合の攻撃魔法よりも複雑な魔法式なのだぞ!!　どろりとした粘りけも自慢だ！〉

グリおじさんの身体から赤い液体が剥がれ落ち、空中で水球になって浮かんだ。液体が取れたグリおじさんの毛皮は、どこにも傷はなかった。

「火傷が……」

〈床をちょろちょろしておった蔦を適当に持ち上げて焦がしただけだぞ？　臭いもなしに燃やされ

たフリはさすがに無理があったからな〉

「……あんなに攻撃されて、必死になって防いでて」

〈まあ、あの程度は風魔法一つで防げるのだがな。手数が多い方が、追い詰められている感じが出るであろう？　チマチマとした細かな魔法を使うのは趣味でないのだがな。見た目を優先したのだ！〉

　悪びれる様子もなく、言い放つ。

　ロアはそれを呆然と見上げることしかできなかった。

　双子の魔狼は嬉しそうに大きくシッポを振って、ロアに身体を擦りつけている。

〈小僧が悪いのだぞ。さっさと双子の〉

〈ルーと〉

〈フィー！〉

　グリおじさんが「双子」と言った瞬間に、すかさず赤い魔狼《ルー》と青い魔狼《フィー》から不満の声が飛ぶ。名付けてもらったのだから、もう双子と呼ばれたくはないらしい。

〈……ルーとフィーに名付けてやれば、このような面倒なことをする必要はなかったのだ。最初は小僧に自信を付けさせて、名を付けさせようと思ったのだがな。上手くいかずこのような形に……〉

　ロアは、双子の魔狼の主となるだけの自信が持てずにいた。

すでに双子から受け入れられているロアは、名前を付ければ自動的に従魔契約が成立してしまう。

そのため、ずっと名付けを拒否していたのだ。

そこでグリおじさんはロアに自信を付けさせようと色々画策《かくさく》していたのだが、予想以上に困難を極めた。

とにかくロアは頑固者で、自己評価が低過ぎたのだ。

旧知のウサギの王《ピョンちゃん》たちと戦わせ自信を付けさせようとしたが、それもあちらが手を抜いてくれたから戦えただけだとロアは自分を評価しない。

兵士たちにどんなに感謝されても、過剰評価だと思い込もうとする。

ピョンちゃんに賢者になれる器だと言われても、「自分なんか」と言って認めようともしない。

大量の不死者《アンデッド》はいつも通りの駆除作業で、魔法薬を使っただけだからと、自分の実力だと考えすらしなかった。動く骸骨巨人《ギガントスケルトン》の足止めも、同じく作業でしかない。

城塞迷宮《シタデルダンジョン》の中で魔獣退治をさせて自信を付けさせようと思っていたものの、虫のせいで思わずグリおじさん自身が焼き尽くしてしまった。

魔法が妨害されている状況下で大きな魔法を使わせて、自信を付けさせようとすれば、奇妙な独自の魔法を使って評価どころの話ではない。

そもそもロアは従魔契約でグリおじさんと魔力を共有しているため、どんなに大きな魔法を使ったとしても自分の実力とは考えたりしなかった。

とにかく、ロアに自信を付けさせることは挫折《ざせつ》した。

そこで、仕方なく第二案として準備していた『グリおじさん絶体絶命の危機！　せめて双子の名前を教えて！』計画を実行することにしたのだ。

頑固者のロアであっても、さすがに死にかけている者の願いは聞くだろう。そう考えて作られた計画だ。

グリおじさんが城塞迷宮《シタデルダンジョン》の領域に踏み込めば、恨んでいるグリフォンたちは殺す気で攻撃を仕掛けてくるはずだ。そこで、一度負けて傷付いたフリをして、ロアから双子の名前を引き出そうという計画だった。

ちなみに、この計画には双子も立案段階から大きく関わっている。

いっそ、一度死んだことにして、遺言《ゆいごん》で双子に名付けてもらおうかという案もあったが、さすがに死んだフリまでするのは気が引けたので、死にかけで済ますことにした。

グリおじさんは、基本的に対等の人間に対して何かを強要するのは好きではない。強要とは格下相手にやって楽しむものだ。嘘をつくのも、対等の相手にはやるべきでないと考えている。

それでも決行したのは、双子の魔狼のために何とかしてやりたいという、親心のようなものからだろう。

〈そもそも、小僧の行動範囲では、程良く我が危機に陥《おちい》ったフリができる魔獣が少な過ぎるのだ！

もっと他にもいれば、次の機会に回すこともできたのだがな〉

ドラゴンのような最強ランクの魔獣では本当にグリおじさんが殺されるかもしれないし、他の魔獣では弱過ぎて手抜きがバレてしまう。

近くにいて丁度良いのが、グリフォンたちくらいしかいなかったのである。この機会を逃せば、次がいつになるか分からなかった。

〈だが、ヒヨコどもが予想以上に不甲斐《ふがい》なくてな。本気で我を殺そうとしているのか疑いたくなるほどだ。全員で襲ってこられるようにしたり、適当なところで逃がして策を練る機会を与えてやったりと大変だったのだぞ。もう最後はかなり面倒になってきていたのだが、ルーとフィーの機転に救われたな！〉

双子たちの気絶は、もちろん演技だった。

双子は闇魔法を使うグリフォンが気絶《スタン》の魔法で攻撃してくるのに気付き、あえて受けて気絶したフリをしていたのだった。

わざわざ気絶させるのだから、何かグリおじさんを倒すための秘策があるのだろうと乗ってみただけだ。

〈それにしてもヒヨコどもは人質の使い方を分かっておらぬな。投げ付けるとは、短絡《たんらく》過ぎだろう。

あそこは「こいつらの命が惜しかったら大人しくしろ！」と脅すべきだと思わぬか？　それが様式美であろう？〉

魔獣に舞台演劇的様式美を求めるのは酷《こく》だろう。

そもそも、魔獣であるグリフォンが、いくら知能があるからと言っても、人質を使おうとするだけでも大したものだ。魔獣同士の戦いは基本的に力と力のぶつかり合いで、力で制圧してこそ意味があるのだから。

そういった人間的な様式美に拘るグリおじさんの方が異常だ。

そして、相手が何をしようとしているか予測して、その計画を自分たちの計画に組み込んで利用する双子の魔狼も異常である。

〈そうそう、小僧がピョンのやつと従魔契約した時は焦ったのだぞ。ピョンのやつも前の日に事情はある程度話してあったのだから、配慮すればいいものを〉

双子の魔狼がロアに従魔契約してもらえず悩んでいる状況で、初対面のピョンちゃんと契約したのだからグリおじさんは焦った。

ロアに自信を付けさせるのが無理なら、強硬手段に出ようと決心したのはこの時だった。

〈まあ、とにかく、丸く収まって良かったな！〉

一人で話して一人で満足げに頷くグリおじさんだったが、当然ながら丸く収まってなどいない。

納得のいっていない人間は、グリおじさんの目の前にいた。

〈あ！　ちょっと遊んでくるね！〉

〈あそびーーー!!〉

寝転がったままのロアに頬を摺り寄せていた双子の魔狼《ルーとフィー》が、急に離れて駆け出す。それはどこか慌てている感じすらあった。

〈む？　なんだ？　突然？〉

〈〈がんばってねー！〉〉

疑問の声を上げるグリおじさんに理由を告げず、二匹は前足を振って離れて行く。

〈……？　なんなのだ？〉

グリおじさんは不思議な双子の態度に首を傾げた。

そこに、衝撃が走った。

ガコンという重い衝撃。それがグリおじさんの頭部を襲う。痛みはなかったがグリおじさんは驚いて思わず、ぴぃぃぃい！　と情けない悲鳴を漏らした。

〈なっ！〉

「……グリおじさん。ちょっと、話し合いしようか？」

グリおじさんの目の前には、ロアが立っていた。

双子に気を取られていた間に立ち上がったのだろう。ロアの手には、木製の大きなブラシが握られていた。グリおじさん愛用のブラシだ。

ただ、違う用途にもよく使われる。

それを見て、グリおじさんは先ほどの重い衝撃が何なのか悟った。

〈小僧！　なぜ殴る!!〉

ガコンと、もう一度、ロアはブラシでグリおじさんを殴りつけた。

〈こっ、小僧！〉

「あのね、オレ、グリおじさんは色々秘密を抱えてそうだし、話せないことは話してもらえなくても大丈夫だと思ってたんだよ」

言いながら、ロアはブラシを振り下ろす。

〈小僧、待て！　話し合いではないのか!?〉

「オレも、まだぜんぜんダメな人間だし、重要なことを話してもらっても何もできないしね。話してもらえなくて当然だよね」

ロアの目は据《す》わっている。グリおじさんを見つめる瞳には、怒りの色が浮かんでいた。

これを察して逃げたのかと、グリおじさんは遠くでこちらを見ている双子を睨みつけた。

群れで生活する習性がある魔狼は、仲間の感情を読み取るのに長《た》けている。ロアの感情の変化を理解しながらも、グリおじさんを生贄《いけにえ》にして逃げるためにわざと教えなかったのだろう。

そこにまた、ブラシが振り下ろされた。

「それに、グリおじさんは話したくないことは、どれだけ言っても話してくれないよね？　だから話し合いは諦めてたんだ」

〈待て、小僧！〉

「言葉が分かるようになる前から、ある程度はグリおじさんの気持ちも分かってたしね。大丈夫だって思い込もうとしてたんだと思う。でも、嘘までつかれたら……本当に、このままで良いのかなって……」

〈分かった！　騙したのが悪いのだな！　すまぬ！〉

グリおじさんは潔《いさぎよ》く頭を下げた。

「いや、グリおじさんが双子のことを思ってやったことだし、オレがいつまでもウダウダと決めなかったのが悪いんだ。それは分かってるんだけど、でもね、気持ち的にね」

〈まて、面倒な話になりかけているであろう！　騙した我が悪い！　それで良いではないか！　それでスッパリスッキリ終わろうではないか！　小僧のそういう話は長いのだ！〉

「すっごく心配したんだよ？　本当にグリおじさんが死んじゃうと思って。自信満々で大丈夫だって言ってたから信用してたけど、やっぱりここに来るべきじゃなかったなって……」

床に付きそうなほど下がっているグリおじさんの頭を、ロアはきつく抱きしめた。

抱きしめているその手が、小さく震えている。

「心配して、でもグリおじさんが何を考えてるか分からないから止められなくて。だけど、グリおじさんがケガをしたと思った時、無理やりでも止めておけば良かったと後悔して……嘘をついてもいいし、オレのことどれだけ見下しててもいいから、危ないことだけはしないで」

頭に落ちている雫《しずく》を感じて、グリおじさんはロアが泣いていることに気付いた。

ロアの涙が自分の顔を伝わって落ちるに任せる。

そっと、目を閉じて息を吐いた。

グリおじさんは、ロアがなぜそこまで怒っているのか分かっていない。しかし、心配をかけたということだけは、理解した。

大事なものを失うのは、グリおじさんにとって、もっとも避けたいことだ。

長い寿命の中で何度も繰り返し、そして切り捨てようとしてきた感情だった。

心配する気持ちは、嫌というほど知っている。

〈……すまぬ、小僧。心配をかけるような真似は二度とやらぬ。我の配慮が足りなかっ……〉

〈おじちゃーん！　魔法が弱まってるよ！〉

赤い魔狼《ルー》の陽気な声で、言葉が途中で遮られる。

グリおじさんが口惜しげにそちらを見ると、魔法で磔状態にしてあったはずの四匹のグリフォンが一カ所に集まっていた。

グリフォンたちは岩と蔦の壁を作ってグリおじさんの風の魔法を防ぎ、反撃するための準備をしているらしい。今の状況になっても心が折れていないのは、さすがは高位の魔獣だと言うしかない。

そのすぐ目の前で、双子の魔狼は楽しそうにシッポを振って見つめていた。

まるで、グリフォンたちが風の魔法を破るのを待っているようだった。

〈制御が不完全になってしまったか……〉

魔法は自分の脳内で魔法式を組み立てて制御するため、精神的動揺などで大きく影響が出る。焦ったり、驚いたり、ケガを負って痛みを感じていたりすると魔法が使えなくなることも多い。

今のグリおじさんはロアのことに気を取られ、魔法の制御が緩んでしまっていた。

それだけ、ロアの行動に精神的に動揺していたということだ。

ただ完全に魔法が消えなかったのは、風で押さえつけるという単純な魔法で、しかも一つの魔法しか使っていないおかげだろう。

〈仕方がない。潰すか〉

あっさりと、非情な決断をする。ロアが泣いているのに、そちらに気を取られる余裕はない。

〈おじちゃん！　まかせて！〉

〈まかせて!!〉

〈双子に我の同族《グリフォン》を四匹相手にするのは無理であろう〉

グリおじさんの見立てでは、双子の能力はグリフォンたちとほぼ同等。二対二、もしくは一対一なら勝てる可能性はあるが、二対四では絶対に勝ち目はない。

〈ルーだよ！　だいじょうぶ！〉

〈フィーだよ！　魔力かりるね！〉

だが、双子は自信満々に言ってのけたのだった。

〈なっ！　待て！　これは！　双子よ!!〉

双子が「魔力かりるね！」と言った途端に、グリおじさんの全身をだるさが襲う。グリおじさんにとっても初めての感覚だった。

急激な魔力の減少。

魔力が吸い取られていく。

一気に空《から》にされてしまう。

通常であれば魔力が空になったとしても、肉体的な影響は受けない。ただ、魔法が使えなくなるだけだ。

だが、グリおじさんほどの大魔力の持ち主が、一気にその魔力を失うとなると、状況は少し変わってくる。急激な変化によって、魔力の器である肉体にまで影響が出てしまうのだった。

それは水筒から水を出す時に、ゆっくり注げば問題ないが、急激に吸い出そうとすると内部が負圧になって水筒まで変形してしまうのに似ていた。

グリおじさんは身体のだるさに耐え切れず、腰が抜けてへたり込んだ。

〈双子じゃないよ！　ルーだよ！　ごめんね、おじちゃん！〉

〈フィーだよ、ごめんねー！　ロアとゆっくり話し合ってね‼〉

まったく悪びれない、双子の魔狼の元気な声が響く。グリおじさんの魔力を吸い出し空にしたのは、もちろん、この二匹だ。

ロアとグリおじさんは従魔契約で魔力回廊《かいろう》が繋がれ、魔力を共有している。

そしてまた、ロアは先ほど双子の魔狼……ルーとフィーと従魔契約を結んだ。

そのことにより、ロアを経由して、グリおじさんとルーとフィーの魔力は共有されたのだった。

共有されている以上は、ルーとフィーもグリおじさんの魔力を使うことができる。グリおじさんであれば、その魔力の流れを調整することもできたが、今回は不意打ちを食らった形になった。

油断していたことで、空になるまで一気に吸われてしまったのだ。

双子がまったく悪びれていないことから、狙ってやった可能性は高い。

〈げんきーーーー！〉

〈いっぱーーーい！〉

赤い魔狼《ルー》の周囲で炎が渦巻く。眩しいほどに燃え盛る炎はルーの全身を包み、炎の繭《まゆ》となった。

青い魔狼《フィー》の周囲で渦巻いたのは、きらめく氷の結晶。視界を奪うほどの輝きは、同じくフィーの全身を包み込み、氷の繭を作る。

グリおじさんの魔力が空になったことで、使っていた魔法は全て解除された。グリフォンたちを押さえつけていた風の魔法も、もちろん解除されている。

自由になったグリフォンたちは、ロアとグリおじさんに襲い掛かろうとしたが、双子の起こした異様な光景に目を奪われて足を止めた。

「……あれは？」

グリおじさんが腰砕けになってへたり込んだことで、ロアも頭を上げて周囲を見た。双子の作り出した繭の輝きで、頬を伝う涙が光っている。

〈くううううう……〉

グリおじさんが辛そうに声を上げるが、会話から双子の仕業《しわざ》だと分かっているのでロアは優しく頭を撫でるだけだ。

双子はグリおじさんに何かと当たりが強いが、命に関わるような危害を加えることはない。ロアは再び止まった涙を拭い、魔法の繭を纏う双子の姿を見つめている。

〈やられた。油断した。我の魔力を使って肉体を変化させているのだろう〉

「変化？」

〈高位の魔獣の、さらに一握りのものたちだけが持つ、変身能力だ。まあ、今の双子たちでは、わずかな変化しかできぬであろうが……〉

「それって、おとぎ話みたいな？」

子供相手に語って聞かせるような伝説や昔話には、魔獣が人に化けるというものも多い。だいたいは恋愛譚《たん》で、人に化けた魔獣が不幸な少女を助けてそのまま結婚するというものだ。

ロアが変身能力と聞いて思い浮かべたのも、『生贄にされたお姫様が人間の姿になったドラゴンと結婚する話』だった。

〈双子が伝説にあるような魔法を使えるようになるのは、何百年も先だろうがな。まあ似たようなものだ〉

「あ！」

双子を包んでいた繭が弾ける。火の粉と細氷《さいひょう》が周囲に散らばり舞い落ちた。

そこから現れたのは、巨大な二匹の魔狼だった。

グリおじさんよりもはるかに大きい。倍はあるだろうか。その姿に、近くにいたグリフォンたちが、一瞬で怯えの表情を見せた。大人と子供くらい、大きさに差がある。見た目からでも実力差は歴然《れきぜん》だ。

〈母親似だな。名にも影響を受けたか〉

ペタリと床にへたり込んだままのグリおじさんが呟く。それは、双子の魔狼の面影《おもかげ》が残る成長した魔狼の姿だった。

赤い魔狼《ルー》は、透き通った深紅の毛皮を持っていた。

その名の由来であるルビーのような輝く毛皮だ。纏っている炎が羽衣《はごろも》のように美しくたなびいている。

青い魔狼《フィー》は、透き通る深い海のような濃紺《のうこん》の毛皮。

こちらも名の由来であるサファイアの輝きを持っていた。細氷の帯が周囲を漂《ただよ》い、刃物のような輝きを放っていた。

「きれい……」

思わず、ロアはその姿に見惚《みと》れる。

どちらも美しく、妖艶《ようえん》ですらあった。

〈双子の成長した姿だな。数百年後の姿というところか〉

「あんなに大きくなるの⁉」

〈何を言っておる。まだまだ大きくなるぞ。双子は特別だからな‼〉

グリおじさんは自慢げだ。床にへたり込んでいなければ大きく胸を反らしていたところだろう。

〈じゃあ、行くよー！〉

〈じゅうりん!!〉

成長した姿でも、双子の声は可愛らしいままだ。

双子の声と共に、纏っている炎と細氷がグリフォンたちを襲う。ピギッと四匹のグリフォンたちは驚いた声を上げて、魔法で防御しようとするが、発動できたのは岩と蔦の壁だけだった。

〈火はジャマしちゃうよ？〉

〈氷もジャマしちゃうよ？〉

火と氷は双子の属性だ。グリおじさんの魔力を借りた今の双子であれば、魔法の制御権を奪い取り発動すら許さない。発動できた二つの壁も、岩壁は炎にあっさりと溶かされ、蔦の壁は凍らされて砕かれた。

グリフォンたちの顔が恐怖に引きつる。

それは絶望の表情だ。

グリおじさんに良いように遊ばれ、すでに折れかかっていた心がついに折れた。

グリおじさんに魔狼の双子。この三匹には絶対にかなわないと思ってしまった。恐怖に囚《とら》われたグリフォンたちは、一気に逃げに転じる。

そこから追いかけっこが始まった。

グリフォンたちにとっては命がけの、双子にとっては楽しい遊びの追いかけっこだ。

グリフォンたちはなんとか開いている窓から外に逃げ出そうとするが、双子はそれを許さない。風のような素早さで先回りをしてしまう。

グリフォンたちが魔法を使えば、器用に同程度の魔法を使って無効化する。逃がさないように、殺さないように注意しながら追いかけ回している。

双子は、実に楽しげだ。

今の双子にとって、グリフォンたちは楽しい玩具《おもちゃ》に過ぎなかった。狩猟本能全開で走り回っている。

「さすがに、あれは可哀そうだよね」

ロアは大きくため息をついた。

ロアは元々グリフォンたちには同情的だった。どう考えても、昔のグリおじさんの被害者だ。

だが、命を狙われた以上は許すわけにはいかないと思っていた。一度命を狙ってきた魔獣は、下手に逃がしてしまうと再び襲い掛かってくる。従魔たちと望郷の命にも関わるのだから、安易に許すわけにはいかない。許さないように、心を鬼にしてそういった感情を必死に切り捨てていた。

だが、目の前で逃げ回っているグリフォンたちを見ると、どうしても可哀そうに思えてきてしまったのだ。

あそこまで情けない姿をさらして、今更ロアたちを襲おうとはしないだろう。もういいんじゃないかな？　という気分になっていた。

「あの、殺さないようにね！　グリおじさんの被害者で、グリフォン《本人》たちに悪意はないと思うから！」

〈なんだ！　その言い草は!!〉

すかさずグリおじさんから非難の声が飛ぶ。

〈だいじょうぶ！　遊んであげて下僕にするだけだから！〉

〈話し合いするだけーー！〉

話し合いと言いつつも、双子はグリフォンたちを追いかけ回すのをやめない。どうも言葉の意味を間違って覚えてしまっているらしい。

「それじゃ、オレたちも、もう少し話し合いをしようか？」

ロアはにっこり微笑んでブラシを握りしめた。

これから始まる話し合いを想像して、グリおじさんは顔を青くした。

第十八話　望郷とグリフォンの戦い

冒険者ギルドのペルデュ王国本部では、大規模な辞職騒動が持ち上がっていた。

王国の冒険者ギルドを運営している重鎮《じゅうちん》たちの半数以上が、自ら職を辞したのだ。

冒険者ギルドは各国の中枢《ちゅうすう》と連携しているため、建前上は、その国のギルドがそれぞれ方針を決めて運営することとなっている。各国の冒険者ギルドで情報を共有して連携はするものの、独立した組織として運営していた。

その上層部がごっそりと抜けたのだから、混乱しないはずがない。

蜂の巣をつついたような大騒ぎとなった。

半数以上が辞めたため、残された重鎮たちの仕事は単純に倍以上に増えている。慣れない仕事を押し付けられた者も多く、業務は混乱を極めた。

ギルド本部に務めている誰もが、頭を抱えていた。

幸いなことに、この騒ぎは王国本部だけに収まり、外部に漏れることはなかった。辞職したのが重鎮だけであり、直接業務をこなす職員たちの人数は変わらなかったおかげだろう。

これほどに大きな辞職騒ぎになった原因は、現場の人間には分からない。

理由を言えない罪を犯し、秘密裏に処理されたのではないかという噂が出回っているが、定かではない。

ギルドを辞めた重鎮たちは、辞職願いを出すと同時に地方へと引っ込んでしまっている。誰もが固く口を閉ざして、理由を告げることもなかった。

残された側の重鎮たちは、おおよその事情は察しているようだが、こちらも口を噤《つぐ》んで何も話そうとしなかった。

その様子から、ギルド本部職員たちもよほど大きな秘密があるのだろうと、それ以上の詮索《せんさく》をやめたのである。

冒険者ギルドは国家に匹敵《ひってき》する巨大な組織だ。

それだけに、抱えている秘密も多い。中には一つの国家が潰れるほどの秘密も混ざっている。

下手に詮索すると、自らの寿命を縮めることになりかねない。職員たちはそういう危ない話題に対する嗅覚も、対応力も鍛えられていた。

そのため、この辞職騒動の原因が、たった一人の万能職の少年であり、そして辞職したのが、彼の暗殺に賛同した者たちであったことは、秘密裏に闇に葬《ほうむ》られたのだった。

同じくペルデュ王国のアマダン伯領でもまた、机に突っ伏して頭を抱えている者がいた。

ビビアナである。

ここは、冒険者ギルドの訓練場に張られた大きな天幕の中。建物が謎の倒壊現象を起こし、仕方なしに大規模魔獣討伐時の本陣設営用の大きな天幕を引っ張り出して、それを被害のなかった訓練場に張ってギルドの仮事務所としたのだった。

一応、天幕内は衝立《パーティション》で区切られているが、ギルドマスターも事務員も全て同じ天幕内だ。

ビビアナは冒険者ギルドの元受付主任である。

元、と言っても冒険者ギルドを追い出されたわけではない。むしろ逆だ。

彼女は先日突然、アマダン伯領の冒険者ギルドのギルドマスターに任命されてしまったのだった。

「……死にそう……」

彼女の手には疲労回復剤の瓶が握られていた。魔法薬ではなく普通の薬で、それも薬効を抑えて副作用もないように作られているものだ。安価なため労働者の中には愛用している者も多い。

ビビアナは今までこれを飲んだことはなかったが、疲れ切っている彼女を見かねた部下の一人が差し入れてくれたものだった。

「あの脳筋男……逃げやがって……」

数日前までギルドマスターだったスティードはすでにいない。彼はペルデュ王国本部に異動となり、そのための準備をすると言って長期の休暇を取ってしまった。気付いた時にはもう遅く、すでに街を出ていた。どうせどこかで遊び惚けているのだろう。

本来なら引き継ぎ等で数週間はここでの仕事を続けるはずだったが、ビビアナは補佐的役割をしていただけあって、特に引き継ぐ内容もなかった。むしろ、ビビアナの方がギルドマスターの仕事を理解していたくらいだ。

ギルドマスターの仕事の方は問題がなかったが、元々ビビアナがやっていた受付主任の仕事の方が問題だった。

まず次の受付主任を決めないといけない。

さらに、その者への仕事の引き継ぎや指導をし、通常業務もこなす必要があったのである。

オマケにギルドの建物が倒壊したことへの後始末と、新しい建物を建てるための手配もある。

ギルドマスターの仕事、受付主任の通常業務、引き継ぎと指導、倒壊によって発生した仕事……。

スティードがいれば、ギルドマスターの仕事を彼に押し付けられるので、少しは余裕ができたかもしれない。だが、彼は逃げてしまっていた。

結果的に、ビビアナは通常の四倍から五倍の仕事をこなす羽目になっていたのだった。

「どうしてこうなったのかしら……」

ビビアナは突っ伏していた顔を上げる。

乱れた髪、荒れた肌、血走った目、目の下の隈《くま》、見た目からも疲労が限界に達しているのが分かるくらいだ。

　ビビアナにしてみれば、いつも通りの行動だった。冒険者ギルドのためになると思って、動いたのだ。過剰な力を……グリフォンという強大な力を持つ従魔を、分不相応にも手に入れた万能職の少年の救済でもあった。

　実力がない者が強過ぎる力を手に入れれば、必ず身を滅ぼす。万能職の少年も不幸になるだろう。だからこそ、グリフォンという危険な存在を彼から引き剥がし、ちゃんと扱える者に与えて、これ以上不都合が出ないようにするはずだったのだ。

　誰も損をせず、納まるべきところに納まるようにするために行動したつもりだった。

　その結果が、これだ。

　なぜか、押し寄せる仕事に潰されそうになっている。

　冒険者ギルドのためにしたことなのに、その冒険者ギルドの指示で無茶な労働をさせられている。

「……フィクサーは何を考えているの？」

　黒幕《フィクサー》。表舞台には出てこず、裏から冒険者ギルドを支配している存在。ギルドの職員すら噂でしかその存在を知らず、実在すら疑わしい、世界各国全てのギルドの影の支配者。

　彼女を突然ギルドマスターにしたのは、その黒幕《フィクサー》だった。

　それも、ビビアナがしでかしたことに対しての罰としてだ。

罪に問わない代わりに、冒険者ギルドにその身を捧げて働けということだった。

この国に奴隷《どれい》制度はない。何代か前の王族が極端に奴隷制度を嫌ってなくしてしまった。しかし、ビビアナの今の待遇は奴隷そのものだった。

「祝われて屈辱《くつじょく》を感じるなんて、初めての経験だったわ」

他の職員たちからすれば、受付主任からギルドマスターへの昇格である。恐れられてはいるものの嫌われてはいないビビアナは、職員たちに祝ってもらった。

倒壊事件のせいで忙しくあまり時間は取れなかったが、内輪の祝賀会《しゅくがかい》まで開いてもらったのである。ビビアナは祝われている間、屈辱と自分に訪れる未来を考えて始終、不愉快でしかなかった。

「あの少年……許さ……」

そこまで口に出した途端、心の中でドロドロと渦巻いていた黒い感情が不意に掻き消える。

「いえ、あの子に罪はないわね」

自分がこうなった大元の原因である、万能職の少年を殺してやりたいと考えそうになると、湧き上がる怒りすら掻き消えてしまった。その考えはいけない。正当ではないと考え直す。

あの少年は関係ない。むしろ、勇者パーティーであった暁の光の起こした事件に巻き込まれた側だ。何も悪くない。

そういった感情が湧き上がり、恨みの感情を押さえつけてしまう。

「頑張るしかないわね。腐ってもギルドマスター、地位も報酬も悪くないんだから。今の忙しさを抜け出せたら、普通の生活にも戻れるんだしね」

諦めたように息を吐くと、書類にペンを走らせ始めた。

……自分の思考が、街の地下深くにある魔道具化した地下通路によって制限されていることに、彼女が気付くことはない。


城塞迷宮《シタデルダンジョン》の十七階では、望郷と闇魔法を使うグリフォンがまだ睨み合っていた。

双子がさらわれてしばらくたっても、彼らに動きはない。望郷のメンバーはグリフォンから十分な距離を取り、ディートリヒの治療をしている。

その様子を、闇魔法のグリフォンは寝そべって眺めていた。

「あの野郎、余裕見せやがって。気に食わねぇ。陰険グリフォンそっくりじゃねーか」

ディートリヒは床に座り込み、自らが流す血でできた血溜まりの中で悪態をついた。

ベルンハルトがいつでも魔法が放てるように準備して警戒しているが、グリフォンに動く気配はない。しかし、絶対に獲物を逃がさないという執着のようなものを感じていた。

望郷がこの場から撤退しようとすれば、執拗に追ってくるだろう。そして、そうなれば高速で飛行するグリフォンからは逃げられない。

グリフォンは、望郷の面々が治療を終えて万全の状態で向かってくるのを待っていた。猫が虫を弄ぶ時のように。激しく抵抗する者たちを、玩具にするのを楽しみにしている。その嗜虐性《しぎゃくせい》にディートリヒはイラついていた。

こんな風にイラつき、悪態をついたところで意味がないことは、ディートリヒ自身が一番分かっていた。だが、そうせずにはいられなかった。

双子の魔狼を奪われた不甲斐ない自分自身に腹を立て、我を失いそうなのだ。抑え込むには、せめて怒りをぶつける相手が必要だった。

ディートリヒの心の中で、普段は抑えている黒いものが膨れ上がっていく。

彼の顔は血で汚れていたが、目尻から顎にかけて一本の筋ができている。血が洗い流されてできたその筋を、望郷のメンバーたちは気付きながらも指摘することはできないでいた。

「リーダー、これ飲んで」

ぼやき続けるディートリヒの口に、コルネリアは有無を言わさず治癒魔法薬の瓶の口を突っ込んだ。両腕の使えないディートリヒは、わずかに抵抗したものの、飲むしかない。

飲ませたのは高位治癒魔法薬。肩の骨が砕け、神経すら切れているだろう状態では、中位以下では治し切れない。高価な魔法薬だが、ロアのおかげで在庫は大量にある。

「ぐっ……」

歯を食いしばり、傷が治っていく痛みに耐える。

「……身体強化、いけたのか？」

痛みを誤魔化すように、ディートリヒはコルネリアに問いかけた。魔法が妨害されており、身体強化は無理だったはずだ。

しかし、コルネリアの先ほどの動きは身体強化なしにはありえなかった。動きだけならともかく、重い戦槌《ウォーハンマー》を持ったままでやってのけたのだから。

「グリおじさんの忠告に従ったの」

「忠告？」

「ロアに魔法を使わせて教えてくれたでしょ？　安定重視の魔法式なら発動できるって。それに従っただけよ。力はかなり落ちるけどね、素早さ重視なら大丈夫」

ディートリヒはわずかに眉を寄せる。陰険グリフォン《グリおじさん》の発言にそんな意図はなかったはずだ。そんな気遣いができるようなやつではない。むしろ、魔法を発動できなくなっている面々をバカにしていただけだろう。

だが、それが切っ掛けで、コルネリアが身体強化魔法が使えるようになったのはありがたい。

「クリストフ」

「なんだ？」

クリストフはアイリーンの首に暗殺者刀《アサシンナイフ》を突き付け、瑠璃唐草騎士団《ネモフィラ》を抑えていた。そのため戦闘には参加できなかったのだ。

ディートリヒは、アイリーンたちを一瞬見ただけで、すぐに視線をクリストフに向けた。アイリーンたちを見ていると、殺したくなる衝動を抑えられそうになかったからだ。

「そいつら、腕を縛って猿轡《さるぐつわ》を噛ませとけ。身動き取れなくて死んでもかまわない。クリストフが欠けた状態じゃ、あのグリフォンの相手はできないからな」

先ほどのように邪魔されたらたまったものではない。猿轡《さるぐつわ》は魔法を使う者に詠唱をさせないためだった。

妨害が効いている状況で、先ほどのような炎の槍《ファイアーランス》の魔法を放った技量は大したものだが、それでも詠唱ができなければ魔法を使うのは無理だろう。

「貴様！　下賤な冒険者の身で、わたくしたちにそのような真似をするとは！　ただでは済ませませんよ！」

アイリーンは、クリストフに暗殺者刀《アサシンナイフ》の刃先を首に当てられている。この状態で怒りに任せて叫べたのは、戦闘薬のせいで偏った思考しかできないからだろうか。

「わたくしの名前はアイリーン・ジェイムス・アマダン。伯爵令嬢ですのよ！　危害を加えることは許されない身分ですわ！」

アイリーンは胸を張って言い切った。

「ふーん」

しかし、ディートリヒは鼻で笑うだけだ。そして、ゆっくりとアイリーンに目を向けた。

冷たい視線。

深い海の底のような暗い瞳だ。

その視線だけで、アイリーンは口を開けなくなる。

アイリーンの背後に立ち暗殺者刀《アサシンナイフ》を突きつけていたクリストフまで、背筋に冷たいものが走るのを感じた。

「……ディ……ディーさん……」

思わず、クリストフはディートリヒの昔の呼び名を呼んだ。

それはディートリヒが荒れていた頃の呼び名だ。幼馴染《おさななじみ》で不良少年仲間だったクリストフだけが、その頃のディートリヒの怖さを知っている。かつての彼は、暴力的で、人を見下していて、ゲームのように犯罪を起こす男だった。

今では酔って自分を失くした時くらいしか出てこない、ディートリヒの闇の部分。

しかし今は怒りで、抑え切れなくなっているのだろう。

「危害を加えることが許されない存在ねぇ。そりゃ、便利だ。クリストフ、そいつを盾にして戦うからな。隙を作るくらいの役には立ってくれるだろ」

「なっ！」

「それからな、身分うんぬんならオレにもあるんだわ。気に食わねぇが、ネレウス王国の王子さまってやつでな。そうそう、自己紹介がまだだったな、ディートリヒ・フォン・スカーレットっていう、胸糞《むなくそ》悪い名前だ。短い間だがよろしく頼むわ。せいぜい頑張って囮と盾になってくれ」

そう言うと、ディートリヒは獣のような嫌な笑みを浮かべた。

新興《しんこう》国家で伝統的な姓《せい》がないネレウス王国では、貴族は親の名を姓として頂く。スカーレットというのは、間違いなくネレウス王国の女王の名だった。

アイリーンは完全に固まっていた。大きく目を見開き、そのまま動かない。

威圧され、そして自分の身分の威光《いこう》が効かない者からの実質的な死刑宣告に、思考できなくなってしまったのだろう。

そこに、光が瞬き、ディートリヒたちを照らした。

「あのグリフォン、待ちくたびれたみたいだな。余裕をかましてた癖に、短気なやつだ」

光は、グリフォンが放った闇魔法を、ベルンハルトが光魔法で撃ち落とした時のものだった。ベルンハルトは全力で対抗したが、グリフォンからしてみれば、ちょっとした挑発程度の攻撃だ。待つことに飽きてきたらしい。

コルネリアもいつの間にかディートリヒの傍らを離れ、グリフォンの動きを警戒していた。

「あの腹の立つ顔を、ぶん殴ってやる！」

グリおじさんそっくりのグリフォンの顔を、ディートリヒは睨みつけた。

一拍おいてから、ディートリヒと闇魔法のグリフォンは、お互いに凶悪な笑みを浮かべて睨み合う。その後で、ディートリヒは立ち上がると、軽く傷の治りを確かめた。

通常の治癒魔法薬ならあるはずの、動きの違和感はなかった。ディートリヒはそのことに驚いたが、ロアの魔法薬だからな、と無理やり納得して気持ちを切り替えた。

「ベルンハルト、あの影の魔法は物理的に防げるものか？」

全員に聞こえるように、ディートリヒは大声で尋ねた。

グリフォンは耳がいい。地獄耳だ。それはグリおじさんのせいでよく知っている。どうせ密談をしても聞かれるなら、全員に伝わるようにしっかりと聞こえる声でやり取りした方がまだ良い。

「あれはまだ未熟な闇魔法だ。攻撃の時は、影の性質より物体としての性質がより高くなる。盾で防ぐことも剣で斬ることも可能だ」

ボソリと、それでいてよく通る声でベルンハルトは返した。

闇の魔法は極めれば全ての攻撃を吸収し、触れることすらできず、光魔法でしか対処できないと言われている。物理的には止めることができない攻撃が闇魔法の真骨頂なのだ。それだけに習得も極めるのも難しい。

しかし、目の前にいるグリフォンに、そこまでの技量があるようには見えなかった。

「そうか。じゃ、盾役はオレだ！　コルネリアとクリストフはどこでもいい、攻撃を当てることを考えろ。ベルンハルトは二人のフォローだ。倒そうとは思うな、逃げ切れる隙を作ることだけを考えろ」

「「「応《おう》!!」」」

ディートリヒの指示を聞いて、全員が勢い良く答えた。

指示の内容は的確だ。敵前のため短い指示だったが、それだけで望郷のメンバーはディートリヒの意図を理解する。

ディートリヒはまだ凶悪な雰囲気を纏っているが、怒りに我を忘れているわけではなかった。まだ冷静な判断ができている。

悔しいが、望郷にグリフォンを倒せるだけの実力はない。逃げ切るか、グリおじさんが全ての決着をつけるまで時間を稼ぐしかない。望郷のメンバーたちは双子の魔狼が連れて行かれたことで、ディートリヒが自ら決着をつけようとすることを心配していたが、それは杞憂《きゆう》だったらしい。

ディートリヒは、クリストフが持っていた魔法の鞄《マジックバッグ》からコルネリアの盾を取り出して装備した。

そして、ミスリルの剣を握る。

「さあ、やろうぜ！」

その言葉と共に、ディートリヒは駆け出した。

駆け寄るディートリヒに、グリフォンは複数の漆黒の鞭を出して迎え撃つ。だが、コルネリアとクリストフも同時に動いていた。アイリーンたちは縛られた状態で放置だ。

速戦即決。

望郷の誰もがそれしかないと考えていた。

時間がかかればかかるほど、グリフォンとの戦いは不利になる。体力も魔力量も大幅に違うのだから。

勝ち目があるとすれば、相手がまだ遊びのつもりで手を抜いてくれている間だろう。満足に相談もできない状況でも、今までの経験から全員の考えは一つにまとまっていた。

ディートリヒは一気に距離を詰め、正面に掲げた盾で漆黒の鞭を受けた。衝撃でディートリヒの身体がわずかに下がるが、それでも吹き飛ばされることはない。盾を避けるような軌道で飛んできたものは、剣で横薙《よこな》ぎに叩き斬る。それでも対処し切れない分は、クリストフが斬り裂いた。

ベルンハルトの言葉通り、漆黒の鞭は盾で受け、剣で斬ることができた。グリフォンがグリおじさんと同じくらい性悪で、実力を隠していない限りは十分に戦える。

「たあっ！」

コルネリアが戦槌《ウォーハンマー》を振るった。

狙いはグリフォンの片翼の付け根あたり。戦槌《ウォーハンマー》が当たる衝撃と共に、羽毛が飛び散る。

このグリフォンは、グリおじさんのように魔法で攻撃しつつ防御もするなどという、器用な真似はできないらしい。戦槌《ウォーハンマー》はあっさりとその肉に食い込む。

ディートリヒとクリストフが攻撃を捌《さば》いている間に、コルネリアは撹乱《かくらん》しつつ側面に回り込んでいた。翼の付け根を狙ったのは、グリおじさんの教えによるものだ。

その部分は鷲の性質を強く受け継いでおり、骨が中空で脆い。しかも、守っている筋肉も薄い。骨が砕ければ、翼は重荷でしかなく、動きが制限される。しかも、未熟な個体であれば痛みで集中できなくなり魔法も使えなくなるという、まさに弱点と言っていい部分だった。

そんな情報を平気で教えるグリおじさんに、その時は驚愕したが、今はこれはグリおじさんからの挑戦状のようなものだと考えていた。

「やれるもんならやってみろ」ということなのだろう。

いくら脆い部分だと言っても、そう簡単に人間にグリフォンの骨が砕けるはずがない。

「いけた！」

骨の砕ける感覚に、思わずコルネリアは声を上げた。達成感より驚きの方が強い。やはり、この戦槌《ウォーハンマー》は魔道具になっていて妙な効果があるようだ。

ピーーーという、悲鳴のような鳴き声がグリフォンの喉から漏れる。

同時に、漆黒の鞭が動きを止めた。

「今だ!!」

ディートリヒが叫ぶと同時に、グリフォンの上に土砂崩れのように岩石が降り注ぐ。

岩石雪崩《ロックアバランチ》。ベルンハルトがグリおじさんとの訓練の果てに作り出した魔法だ。

以前のゴーレムとの戦いの反省を生かして、攻撃と足止めを兼ねている。通常のゴーレムの大群くらいなら一撃で殲滅し、同時に防御塁壁《バリケード》を作り出せる。

妨害されている状況でなくても、詠唱に時間がかかり、魔力もごっそりと削られる魔法だ。今の状況では一発撃てるかどうか。失敗すれば後がない。しかし、ベルンハルトは仲間を信じて準備していたのだろう。

降り注ぐ岩石が積み上がり、あたり一面に粉塵《ふんじん》を舞い上がらせる。

「引くぞ！」

逃げるなら今しかない。間違いなく、好機だ。

そう考えて指示を飛ばしながらも、ディートリヒはその場を離れるのを躊躇《ちゅうちょ》した。せめて自分の手で一撃、双子の恨みを晴らしたい気持ちに駆られた。

速攻でグリフォンに打撃を加えられたことで、欲が出てしまった。

いつものディートリヒなら戸惑ったりはしない。仲間の命が第一で、その仲間を守る戦力である自分の身も大事だ。

しかし、今のディートリヒは怒りに支配されており、それを理性でなんとか抑え込んでいる状態だった。切っ掛けがあれば、その怒りは簡単に暴走する。

アイリーンたちにした発言も、たまたま実行しなかっただけで本気だ。

双子が連れて行かれた原因の一部は、間違いなくアイリーンたちなのだから許すつもりはない。

彼女たちが今無事で放置されているのは、ただ単に盾や囮に使う機会がなかったというだけだ。

グリフォンが痺れを切らして挑発してこなければ、アイリーンたちの存在を織り込んだ計画を立てていたことだろう。

「リーダー！」

指示を出したディートリヒ自身が、撤退せずに留まっているのを見てコルネリアが叫んだ。ベルンハルトの魔法の気配を感じた時点で、彼女は十分な距離を取ってしまっていた。

「ディーさん!!」

クリストフもまた、安全な距離を保ってからディートリヒに呼び掛ける。その声は焦りや不安の色を含んでいた。

幼馴染であるクリストフは、昔の、「ディーさん」と呼んでいた頃のディートリヒが考えそうなことが予想できていた。

ディートリヒは盾を投げ捨て、両手で剣を握ってかまえた。

「お前らは、引け。全力で逃げろ。オレはコイツと、もう少し遊ぶ」

狂気を孕んだ瞳を、舞い上がった粉塵の中に向ける。

心を許した者たち以外には常に攻撃的で、気に食わないものは叩き潰す。目的のためなら自身を顧《かえり》みず、無茶と無謀を繰り返す。昔のディートリヒはそんな男だった。

ディートリヒは笑みを浮かべる。

それは、いつもの、仲間を安心させる笑みではなかった。

血を求める野獣の笑み。

双子の魔狼を……大切な仲間を傷付け、殺したかもしれない存在を斬り裂き、血塗れにする。

その瞬間が来ることを期待して浮かべた笑みだった。

一面に立ち込める粉塵が晴れていく。

「やっぱ、生きてるよな」

粉塵の向こうからでも突き刺さってくる鋭い眼光。闇魔法を使うグリフォンだ。落ちてきた岩を振り払いながらも、その視線はディートリヒを射抜いている。

岩石雪崩《ロックアバランチ》の魔法で多数の岩石に押し潰された後でも、当然のようにグリフォンは生きていた。

グリフォンがディートリヒに向かって飛び掛かってくる。

鋭い嘴がディートリヒの頭目掛けて襲ってくるが、それはグリフォン本来の動きから考えると、あまりにも遅い。ディートリヒは軽くかわすと、目を狙って剣を突き刺す。

グリフォンもまたそれを避け、爪を突き立ててくる。

ディートリヒは剣で受けて、流した。

本来なら、グリフォンにあの程度の攻撃は効かなかっただろう。しかし、コルネリアに翼の骨を折られていたことが影響し、少なからず傷を負っていた。骨折の痛みが精神集中を阻害し、魔法が上手く使えなくなっていたのだ。魔法による防御が不完全で、岩石の直撃をいくつか食らっていた。

今のグリフォンは骨折とその時の傷のせいで、さらに魔法制御ができなくなっており、牽制程度の魔法ですら出せなくなっていた。

ディートリヒへの攻撃も爪と嘴のみだ。

ディートリヒとグリフォンはそのまま剣と爪による攻撃の応酬を重ね、切り結んだ後にお互いに飛びのくと距離を空けた。

互いに見つめ合い、凶悪な笑みを浮かべる。

グリフォンは翼が折れ、傷だらけだ。

ディートリヒの方も、無傷ではない。うまくかわせてはいるが、相手はグリフォンだ。少しかするだけでも人間の皮膚は容易く傷付いていく。

数回攻撃をかわしただけなのに、ディートリヒの皮膚には無数の傷ができ、血が流れ始めている。

「グリフォンの癖にオレ一人すら殺せないのかよ。あいつがヒヨコって呼んでたが、マジでまともに戦えないガキだったみたいだな」

ディートリヒが挑発する。治癒魔法薬を使う前に流した血もあって、彼の全身は血塗れだ。服の色は赤黒く、元の色が何だったのか分からない。出血多量で気を失っていないのが不思議なくらいだった。

それでも、ディートリヒの目はギラギラと輝き、グリフォンの命を奪う機会を窺っている。ミスリルの剣の切っ先をグリフォンに向け、いつでも斬りかかれる状態を保っていた。

ヒューイと、ディートリヒの挑発に応えるようにグリフォンが鳴く。グリフォンもまた、恨みの籠った目で、自分を傷付けた相手を睨みつけていた。

お互い満身創痍《まんしんそうい》。

それでも、引く気はない。

睨み合う中、どちらも、相手を殺すことだけを考えていた。

ディートリヒは双子の魔狼を……仲間を奪われた怒りからグリフォンを倒したいと思っていた。

グリフォンは、傷付けられた怒りからだろうか?

バカなやつだと、ディートリヒは思う。最初から余裕など見せずに、全力で攻撃を仕掛けていたら。治癒させる時間など与えなければ、あっさりと望郷は全滅させられて決着がついていただろう。人間を舐めてかかるから悪い。あんな風に人間を見下し軽《かろ》んじるのは、グリフォンの種族的特性なのかもしれない。

そして、自分自身もバカだと、ディートリヒは考える。

自分自身の命を賭け金《チップ》にして、勝ち目のない戦い《ゲーム》に挑んでいる。衝動に身を任せ、怒りを理由にして戦いを楽しんでいる。

〈……寝坊助。まだそのようなところで遊んでおるのか。さっさと最上階まで上がってこい〉

「！！？」

不意に、グリおじさんの声が聞こえた。

驚いて周囲を見渡しそうになるが、我慢してディートリヒはグリフォンを睨み続ける。他に気を向けて許される状況ではない。

対峙しているグリフォンの態度には何の変化もない。グリおじさんのイラつく声は、ディートリヒ以外には聞こえていないようだった。

グリおじさんが近くにいる気配はない。冒険者ギルドの建物の中でロアと離れた時のように、離れた位置から魔法で監視して、ここまで声だけを届けているのだろう。

〈まったく、その程度のヒヨコに手こずるとはな。いい加減、寝ボケるのはやめよ〉

寝ボケる？　何を言っている⁉

ディートリヒは声を上げて反論したかったが、声を出して他に気を取られているのを気付かれるわけにはいかなかった。必死でグリおじさんの声を無視した。

〈寝坊助。そんな様子だから貴様は寝坊助なのだ。過去の微睡《まどろ》みの中は心地好いだろうが、そろそろ目を覚ますべきであろう？　過去に拘り、野盗のような剣術ではなく、今使える最高の剣術を使え。貴様はそれを身につけているであろう？　そして、さっさと我らの下に駆けつけよ！〉

グリおじさんの意味深な言葉に、わずかに意識が逸らされる。どうせいつものように適当なことを偉そうに言っているだけなのだろうが、気になって仕方がなかった。

過去の微睡みとは？　オレが過去に拘って、実力を出し切ってないとでもいうのか？

ディートリヒの頭の中で、疑問が膨らんでいく。

その瞬間を、グリフォンは見逃さなかった。

わずかな隙を狙い、グリフォンが飛び掛かってくる。その爪が、ディートリヒを襲った。

「ちっ！」

ディートリヒは、剣でその爪を受け流す。

普通の剣であれば一撃で折られているところだが、ミスリルの剣は何度やり合っても傷すら付いていなかった。

グリフォンは折れた翼を引きずっているため、動きは悪い。十分対処可能だ。

受け損ねた攻撃も、皮膚の表面を傷付けるだけで致命傷にはならない。魔法を使えず、動きも悪いグリフォンの攻撃は、ディートリヒには効いていない。

しかしそれはディートリヒの側も同じだった。

グリフォンの羽毛と毛皮はミスリルの剣であっても刃が通らない。最高の防刃《ぼうじん》素材だ。ロアからグリおじさんの抜け毛で作った防刃の肌着をもらったのでよく知っている。下手な鎖帷子《チェーンメイル》よりも防御力がある。ディートリヒが必死に攻撃しても、まともに傷すら付けられていなかった。

剣に魔法を纏わせられれば叩き斬ることはできるだろう。

だが、そのためのミスリルの線の入った剣は、双子の魔狼を助けるために手放してしまった。どこかに落ちているはずだが、いたる所に岩が転がっている今の状況では発見できない。

今握っているミスリルの剣では、魔法を纏わせることはできない。使ってあるミスリルの量が多過ぎて、ディートリヒ程度の魔力では全て吸い取られて終わってしまうだろう。

〈寝坊助、我は待ってるのだがな？〉

「うるせぇ!!」

グリフォンが仕掛けてくる攻撃を捌きながら、ディートリヒは叫んだ。

「目を覚ませって、なんだよ！　寝ボケてなんかいねぇよ！　戦ってる時に、ごちゃごちゃ言ってくるんじゃねぇよ！　邪魔すんな!!」

吠えながら、グリフォンに斬り付ける。筋肉から音が聞こえてきそうなほどに力を込めた一撃だったが、やはり毛皮に防がれる。硬い手応えに、手首に痛みが走った。

やはり無理かと、ディートリヒに諦めの感情がよぎった。

だが、グリフォンに隙を見つけ、さらなる一撃を加えようと身を捩《よじ》った。

〈そのまま寝ボケていたら、貴様を見守っている連中も巻き込んで、全滅するぞ？〉

その言葉を耳にした瞬間、ディートリヒの動きが変わった。

敵を斬るために最適化された動き。

怒りや闘志からくるものではない。

力ではなく、技術による動き。

適切な訓練によって、頭ではなく身体に覚えこまされた、舞《まい》のように迷いのない美しい動きだ。

その斬撃はグリフォンを翼から胸にかけて斬り裂く。羽毛と獣毛、そして血が飛び散った。

ピギャー！　と、グリフォンの叫びが響いた。

自らの動きにディートリヒ自身が驚く。なぜ今、そんな動きになったのか、本人もよく分からなかった。

ただ、グリおじさんの言葉を聞いた途端、身体が動いていた。

〈やればできるではないか。まったく、仲間の死を意識させなければ実力すら出せぬとは面倒な〉

「仲間の死？」

確かに、グリおじさんの言葉を聞いた時に、望郷のメンバーのことを思い出した。そして、自身の怒りや楽しみより、優先すべきものを思い出した気がした。

〈さっさと終わらせて上がってこい。貴様らが来ぬとこちらも終わりそうにないのだ。さすがに、つらい……〉

「……つらい？　何があったんだ？」

問いかけるが、返答はない。そこに、血を流しながらグリフォンが再び飛び掛かってきた。

その目は血走り、赤くなっている。

ディートリヒは迎え撃つために剣をかまえ直した。

その時、先ほどまでのグリおじさんの不快な声とは違う、幼い可愛い声が響いた。

〈手伝うよー！〉

〈ちょっとだけね。甘やかしたらダメだから！〉

「え？」

やけに楽しげな声だ。

ディートリヒは思わず間の抜けた声を上げ、ほぼ無意識で剣を振る。

何かが、宙を舞った。

剣が風を切る音の後に、ドサリと、重い物が落ちる音が響いた。

気付けば、目の前にグリフォンの片方の翼と前足が一本、転がっていた。切り口から血も流れておらず、作り物のようだ。

ピーーーーーーーー！ と、耳に痛い悲鳴が響く。

その悲鳴の主である闇魔法のグリフォンが、這這《ほうほう》の体《てい》で必死に走り去っていくのが見えた。

呆然と、ディートリヒはその姿を見送った。倒し切ることはできなかったが、相手が逃げた以上はディートリヒの勝ちだ。

「なんだ？」

突然のことに、ディートリヒの頭が追いついていない。

何が起こったのか、自分が何をしたのかよく分からない。あの、子供のような声は何だったのだろう？ ただただ、呆然とするしかなかった。

「リーダー！」

「ディ……いや、リーダーだな！ リーダーだ！ 大丈夫か！」

そこに、コルネリアとクリストフが声を掛けてきた。振り向けば、二人が走り寄ってくる。

離れた位置では、ベルンハルトがアイリーンたちを監視しながら佇《たたず》んで、こちらを見つめていた。

「……お前ら、逃げろって言っただろ？」

「できるわけないでしょ！」

「リーダーを放って逃げるなんて、できるわけないよな」

戦いに夢中になっていたディートリヒは気付いていなかったが、望郷のメンバーは離れた位置で戦いを見守っていた。

ディートリヒが連携できる状態ではなかったため、戦いに参加できなかったが、それでも、もしもの時には飛び込めるように準備していた。

だからこそ、あの時グリおじさんは「貴様を見守っている連中」と言ったのだ。

「ねえ、その剣は……」

戸惑いながらコルネリアが尋ねてくる。コルネリアの見つめている先に目をやると、ミスリルの剣が、薄く炎を纏っていた。

赤く輝く、美しい炎だ。

「え？　なんだこれ？」

ディートリヒは剣を見つめて考える。

何がどうなってこのような状態になっているのかは分からないが、剣が炎の魔法を纏ったことで、グリフォンの翼と前足を斬ることができたのだろう。落ちている翼と前足から血が流れていないのは、瞬時に傷口を焼き切ったからに違いない。

「それと、足……」

「え？」

指をさされて自分の足を見下ろすと、太腿の部分に四つの光があった。

太腿の、以前に双子が足跡型に開けた穴のところだ。赤い布で接ぎ当てされている部分が、光っていた。

その下にあるのは、双子がつけた足跡型の火傷痕だ。

「……そんな……下僕紋……ブルーノさん、ただの印だって言ってたのに……従魔の下僕……」

なぜかコルネリアが床に両手をついて項垂れる。この世の終わりのような落ち込みようだ。

突然のコルネリアの行動に意味が分からず、ディートリヒとクリストフは呆然と首を傾げるしかできない。コルネリアは、鍛冶屋のブルーノから聞いた、下僕紋のことは他の面々には伝えていなかった。

ディートリヒの太腿にある足跡型の火傷痕は、双子の魔狼がつけた下僕の印……などという屈辱的なことを簡単に言えるはずがない。ただの印ならわざわざ伝える必要がないと考えて、秘密にしたまま、コルネリア自身も聞かなかったことにするつもりだった。

「えっと、なんだ、よく分からないんだが？」

ディートリヒはまだ炎を纏っている剣と、項垂れているコルネリアに対してどうしていいのか分からない。

ただ……。

「双子が力を貸してくれたのか？」

初めて聞いたが、あの可愛らしい声の主は双子だろう。剣が炎の魔法を纏っているのは赤い魔狼の力に違いない。双子のつけた足跡が光っているのは、力を貸してくれた証拠に違いない。そう、ディートリヒは結論を出した。

「無事だったんだな！」

そう呟き、ディートリヒは晴れやかな笑みを浮かべるのだった。

第十九話　ロアの決断

双子の魔狼こと、ルーとフィーは上機嫌で走り回っていた。

力が溢れている。全身に魔力が満ちている。

これほどまでに大量の魔力をその身体に蓄《たくわ》えていたグリおじさんを、双子はちょっと見直す気になっていた。

今、双子の身体に満ちている魔力は、元々はグリおじさんのものだ。

双子とロアが従魔契約したことにより、双子もまた間接的にグリおじさんと繋がった。その繋がりを通じ、双子は無理やり魔力を奪ったのだった。

魔力を奪われたグリおじさんは、今もロアに話し合いという名の説教を受けている。双子がごっそり魔力を奪い取ったため、身動きが取れないらしい。ぐったりと全身を床に付けて寝そべっていた。

双子は、魔力を奪うことでグリおじさんがそんな風になるとは思っていなかったが、ロアが説教するにはちょうどいい状態だろう。動けないなら、逃げ出すこともできない。距離を取って巻き込まれないようにするのも容易だ。

今は少しは魔力が戻ってきているはずだが、グリおじさんはその魔力を全て周囲の索敵に充《あ》てているようだった。

ロアを守るために必要なのだろうが、それくらいは自分たちに任せてくれても良いのにと、双子の魔狼は思っていた。

いつも子供扱いされるから大人の姿になったのに、まだ信用してくれていないらしい。

今の双子は大人の姿だ。グリおじさんから奪った魔力を使って、自らの肉体を一時的に成長させたのだ。成長した肉体の運動能力に加え、今まで使えなかった魔法も使える。

〈そっち行ったよー〉

〈結構、速い！　たのしい!!〉

今、ルーとフィーは四匹のグリフォンたちを追いかけ回していた。

ちょっとした遊び……狩りゴッコだ。

外に逃がさないように、二匹で連携を取って追いかける。

普段の子供の姿の時ならともかく、今の大人の姿の双子なら、グリフォン程度には絶対に負けない。遊び半分で追いかけ回すのも余裕だ。

二度とロアに危害を加える気にならないように、しっかりと時間をかけて心を折るつもりだった。

グリフォンは翼もあり、本能的に飛翔の風魔法を使って空を飛ぶが、今の双子なら空中でも簡単に追いかけられる。空中に炎と氷の足場を作り、それを使って追いかければいいだけだ。

それに、子供の姿では接触しないと攻撃できなかったが、今なら遠距離攻撃もできる。

〈ルーー！〉

〈フィーー!!　いい名前!!〉

〈おじちゃんとは違うよね！〉

〈変な名前じゃなくて良かった!!〉

ロアに名前を授けられた時、ルーとフィーの世界は一気に広がった。名前は従魔契約以上に大きな恩恵を与えてくれた。

名前があるということは『個』だ。

名前を持ったことで、独立した一つの存在となった。

二匹は、今まで『双子の魔狼』という群れを構成するだけの存在だった。魔狼は群れで行動し、群れの意思を優先して行動する魔獣だ。

双子の魔狼は、その群れを構成しているのが肉体も魂も分け合った二匹だけだったため、ほぼ統一された意識として行動していた。

二匹で一匹の、双子の魔狼という生き物のように行動していた。発言も、一つの意識として行っていた。

しかし今は違う。

名前を持った、別々の存在だ。

お互いが一己《いっこ》の魔狼として存在している。

今まで通りの群れとしての意識に加えて、個々の意識も生まれた。

生きるための世界が、倍に広がった。

その喜びを、双子は噛み締めている。

そして、この喜びを与えてくれたロアの役に立とうと、決意を新たにするのだった。

闇魔法のグリフォンは、ディートリヒに翼と前足を一つずつ斬られ、撤退を余儀なくされた。

炎の魔法を纏った剣で切られたため、幸いなことに出血はない。

今は痛みに慣れ、怒りや痛みで混乱していた頭も醒《さ》めたおかげで魔法を使うことができる。なくなった翼と足の代わりを闇魔法で作り出して補い、最上階までの階段を上っていた。

最上階まで行けば仲間がいる。

合流すれば、今の状況を変えることができるだろう。失った翼と足も、どこかの街でも襲い、魔法薬を手に入れて治せばいい。

〈あの男……〉

階段を上りながらも闇魔法のグリフォンの頭を占めていたのは、先ほどまで戦っていたディートリヒのことだ。

今まで、人間など弱い存在だと思っていた。

何十人、何百人いようと蹴散らせる、取るに足らない虫けらだと思っていた。

だが、ディートリヒは一人でも強かった。

闇魔法のグリフォンがケガを負って魔法が使えなくなっていたという理由はあるものの、ほぼ対等に戦っていた。

グリフォンは高位の魔獣だ。身体能力だけの戦いであっても、下位の存在に負けないという自信があった。

それが常に攻め切れず、最終的には翼と足を一つずつ失った。

〈強かった〉

闇魔法のグリフォンは、嘴をペロリと舐める。血の味がした。

自分の血なのか、ディートリヒの血なのかは分からない。だが、それは楽しかった甘い戦いの味だ。

〈あの男　いい……〉

闇魔法のグリフォンは目を細める。

〈従魔契約……〉

それは、闇魔法のグリフォンにとって、憧れの言葉だ。

闇魔法のグリフォンはメスだ。いずれはどこかのグリフォンと番《つがい》となり、子を成すだろう。仲間たちの一匹と番《つが》うかもしれない。

だが、闇魔法のグリフォンは、今のところオスどもには興味がなかった。

その原因は育ての親……グリおじさんだ。オスのグリフォンを見ていると、どうしてもあの腹の立つ顔が思い浮かび、番になる気が失せてしまうのだった。むしろ、殺したいと考える時すらある。

それよりも……今は従魔契約に憧れていた。

しかし、闇魔法のグリフォンが憧れている従魔契約は、普通と少し違っていた。

〈あれなら　従えてもいい〉

グリフォンが主人で人間を従える、そんな従魔契約に憧れていた。

従魔契約において、人間と従魔は対等。契約上はどちらかが主となるわけではない。ただ不思議と人間が主の役割をする場合が多いだけだ。その関係が逆転しても問題ない。

闇魔法のグリフォンは、従魔契約を結んでディートリヒを従えたいと考えていた。

〈あの目〉

戦っている時のディートリヒの目は、深い闇のようだった。

怒りに恨み。暗く淀んだ感情に突き動かされ攻撃してくるその姿は、実に闇魔法のグリフォンの好みだった。

あの男なら自分の魔力を分け与えて背に乗せてやってもいいと、闇魔法のグリフォンは思っていた。

嘴が、笑みの形に歪む。

どうやってあの荒っぽい男を従えてやろうかと考えていると、自然と歩みが速まった。気付いた時には、闇魔法のグリフォンは最上階に到達していた。

最上階の広間の入り口には、巨大な穹窿《アーチ》形門があった。

元々は大扉があったはずだが、すでに破損しており、今残っているのは石造りの外枠だけだ。

〈……！！？〉

そこを潜《くぐ》り抜けた瞬間に、闇魔法のグリフォンは大きく目を見開いて驚いた。

最上階の空間では、闇魔法のグリフォンがまったく予想していなかった光景が展開されていたのだった。

〈たのむ！　たのむ！　もう　やめて！〉

〈ごめんなさい　ごめんなさい　ごめんなさい〉

〈ゆるして……〉

〈もうしませんもうしませんもうしません〉

上位の魔獣とは思えない情けない顔で、涙と鼻水に塗れながら走り回っている四匹のグリフォン。

〈たのしー!!〉

〈反撃してよ！　逃げてるだけじゃ、つまらなーい！〉

必死に逃げ回っている四匹を追いかけているのは、二匹の巨大で美しい魔狼だった。

魔狼たちの身体は、グリフォンよりも倍は大きい。そこに満ちている魔力も桁違《けたちが》いだ。

纏っている羽衣のような帯は、待機状態の魔法だ。どんなに素早く動いて攻撃を仕掛けようとも、意識するよりも速く、あそこに満ちている魔法によって迎撃されるだろう。強力な武器を常に見せつけられているようなものだ。

攻撃してくるものを絶対に許さないという、強い意思の表れだった。

……とても敵わない。

今は遊んでいるだけのようだが、その気になればグリフォンといえど瞬殺されてしまう。あの姿を見ただけで、心が折れた。

闇魔法のグリフォンは、地獄のような状況をあんぐりと大口を開けて見ていることしかできなかった。


闇魔法のグリフォンから遅れること数十分。

望郷のメンバーが最上階に到達すると、不思議な状況になっていた。

望郷は魔獣の襲撃を恐れて、ゆっくりと最上階までの道を進んできたが、それは杞憂だった。グリおじさんの使った魔法の余波を食らい、生き残っていた魔獣も全て逃げ出してしまったらしい。

最も警戒していた、魔道石像《ガーゴイル》すら一体も現れなかった。

そして、最上階に到達したが、意を決して広い空間に飛び込んだ望郷のメンバーが目にしたのは、差し込む夕日を背に、五匹のグリフォンに伏《ふ》し拝《おが》まれているロアの姿だった。

ロアを取り囲むようにして、五匹のグリフォンが頭を床に付くほど下げている。まるで宗教儀式のようだ。

どのグリフォンも傷だらけでボロボロだった。

ディートリヒと戦っていた闇魔法を使うグリフォンも、そこにいるのが当然のように、片前足と片翼が欠けた姿で交ざっていた。

ロアの傍らには二匹の大きな魔狼。グリフォンよりも倍は大きい。

宝石のように輝く紅《くれない》と碧《あお》の毛皮を纏って、ロアを守るように左右に分かれて座っていた。その背後では、大きなシッポが振られている。動きに合わせて光の粒が舞い散り、幻想的ですらあった。

そして、側には、床にぐったりとした姿で寝そべって、恨めしそうな目で望郷を見つめているもう一匹のグリフォン……グリおじさんだ。

本来、グリフォンを外見で見分けるのは難しい。しかし、その目つきの悪さと人間的な表情のせいで、望郷の誰もが一発でグリおじさんを見分けることができた。

〈遅い！　さっさと上がってこいと言ったであろうが‼〉

グリおじさんの不機嫌な声が響く。

「……なんだよ、この状況は？」

ディートリヒは周囲を見渡してから、問題がある状態ではないと判断して緊張を解く。

〈先ほどまでずっと小僧に説教されておったのだぞ！　体の力が抜けて逃げるわけにもいかず、人の気持ちを思いやれだの常識をわきまえろだの！　小僧に常識について説かれたのだぞ!?　小僧に、常識を!!〉

「常識」をやたら強調している。ロアに常識について説教されたのがよっぽど不満だったらしい。

その話を聞いて、望郷の面々はグリおじさんが早く上がってこいと言っていた理由を理解した。

危機的な状況などではなく、ロアの説教を終わらすためだったのだ。

ディートリヒたちが来れば、うやむやの内に終わると思ったのだろう。

「……で、この状況は？　そのキラキラしてる魔狼はなんだ？」

ディートリヒは、あっさりとグリおじさんの主張を無視した。

何をして説教されていたのかは知らないが、理由を聞くまでもなくグリおじさんが悪いと判断した。グリおじさんの愚痴など相手にするだけ無駄だ。

〈ルーだよ！〉

〈フィーだよ!!〉

ロアの背後にいた大きな魔狼が纏っている光が強まる。目も眩むような光が弾けた。そしてその光が収まると、そこにあったのは見慣れた双子の魔狼の姿だった。

「双子!!」

その姿を見ると同時に、ディートリヒは走り出す。近くに頭を下げたまま微動《びどう》だにしないグリフォンたちがいるのも無視して、双子に抱き着こうとした。

〈きたなーーーーい！〉

〈いや！〉

即座に飛びのかれ、ディートリヒの抱擁は空振りに終わった。

ディートリヒの服は血塗れだ。

肌を濡れた布で拭ったり傷に包帯を巻いたりと簡単な治療はしたが、どうせまた戦闘になるかもしれないと思って、着替えまではしていない。

そんな状態で抱き着かれれば、汚れてしまう。双子が嫌がるのも当然だ。

ちなみに皮膚に裂けている部分はあるが、治癒魔法薬は使っていない。治癒魔法薬の飴を舐めて、ゆっくりと治しているぐらいだろうか。

ディートリヒは今日はすでに高位の治癒魔法薬を使っており、これ以上使えば魔力酔いになる可能性がある。皮膚が裂けているくらいで危険を冒《おか》してまで治療する気はない。細かなケガ程度なら飴で充分だ。

「……そんな」

抱きしめる寸前で双子に逃げられ、ディートリヒは寂しげに、両手を広げた体勢のまま項垂れた。

「で、ロア。この状況はなに？」

先ほどのディートリヒの言葉を繰り返したのは、コルネリアだった。話が進まないので、落ち込んでいるディートリヒのことは見ないフリをする。

「その……オレもよく分からなくて」

ロアは戸惑いつつも、目の前で平伏しているグリフォンたちを眺めて苦笑を浮かべた。

〈小僧に恭順《きょうじゅん》の意を表しておるのだ。ヒヨコどもめ、我の配下に戻れと言ったのに、それだけは絶対嫌だと言い張りおって……〉

〈おじちゃんの下僕になるくらいなら死んだ方がマシだって！　鍛錬だって言ってかなりイジメられたって！　何度も死にかけたんだって！〉

〈じごうじとく！　おじちゃんを叱ってくれるロアの下僕になりたいって！　きっちり心を折ったから逆らわないよ！〉

可愛い声が、さらりと怖いことを補足する。コルネリアは、その内容も気になったが、なによりその声の主が気になった。

「えっと、この声は双子なのかな？」

ここに上がってくるまでの間に、ディートリヒが「双子の声が聞こえた」と言っていたので、だいたいのことは予測はできている。

経緯は分からないが、ロアが双子と従魔契約したのだろう。そして、グリおじさんの時と同じく、その影響が望郷のメンバーにも出ているのに違いなかった。だが、確認はしておきたい。

〈そうだよー。名前はルー！〉

〈フィー！　名前で呼んでね！〉

双子がパタパタと、前足を振りながら言う。満面の笑みでそう言われ、その可愛さに思わずコルネリアは双子の頭を撫でた。

「こちらこそ、よろしくね！」

「待て、なにオレより先に名前を教えてもらってんだよ!?　双子はオレのだからな！」

仲が良さそうなコルネリアと双子のやり取りに、ディートリヒが嫉妬《しっと》全開で割り込んだ。そして双子に抱き着こうとして、また逃げられる。

〈違うよ！　ディートリヒがルーとフィーのものだから！〉

〈ディートリヒが下僕!!〉

そう言いながら、楽しそうに逃げていく。ディートリヒも意地でも抱きしめるとばかりに、追いかけ始めた。

「あ……やっぱりリーダーが下僕……」

双子の宣言に落ち込んだのはコルネリアだ。彼女はまだ、双子がディートリヒに付けた太腿の足跡が下僕紋であることを誰にも言えずにいた。

鍛冶屋のブルーノにはただの印だと言われていたが、ディートリヒがミスリルの剣に炎の魔法を纏わせた時に光っていたことからして、なんらかの魔法的な効果があるに違いない。

先に、そういうことに詳しそうなグリおじさんに相談して、真相を聞いてから皆に話そうと後回しにしたのだ。

先延ばしにして、その間に自分の気持ちを整理しようとした。

だが、双子の露骨な宣言で心を掻き乱される。それなりに矜持《プライド》があるコルネリアにとっては、自分たちのリーダーであり、所属する国の王子でもあるディートリヒが魔獣の下僕であるという事実は、重い。

そんなコルネリアの内心など知らず、ディートリヒはお気楽にも双子と嬉しそうに走り回って、追いかけっこをしている。

「あの、そちらの方たちはどうしてここに?」

追いかけっこを始めたディートリヒといきなり落ち込み始めたコルネリアに、なんとなく気まずくなったロアは、ベルンハルトに話しかけた。

彼の横にはアイリーンと二人の瑠璃唐草騎士団員《ネモフィラ》がいた。放置しておくわけにもいかず、監視の意味もあり連れてきたのだ。

望郷と別れるまではいなかったはずなのに、いつの間にか加わっていたのだから、ロアがそれを不思議に思わないはずがない。しかも、彼女たちは後ろ手に縛られて猿轡《さるぐつわ》まで噛まされているのだから、気になるのは当然だ。

すぐ近くにはクリストフもいるのだが、そちらもまた話しかけられる雰囲気ではない。しきりに周りを見ながら「何一つ、まともに報告できる内容がない！　どうやって誤魔化すんだよ！」と小声でブツブツ言っているので近寄り難かった。怒りと絶望が入り混じった表情をしている。自分の世界に入ってしまっているので、そっとしておく方が得策だろう。

「グリおじさん様が地下に開けた穴から入ってきたらしい。魔獣も全滅していたので何の障害もなく上がってこられたのだろう。戦いに突然介入して、リーダーに危害を加えたので拘束した」

ベルンハルトが淡々と説明する。説明のために、彼の視線がロアへと向いたその時……。

グリおじさんは、急激に魔力を奪われた反動でまだ動ける状態ではなかった。

双子とディートリヒは、追いかけっこをして離れた場所にいた。

グリフォンたちは、頭を下げたまま微動だにしない。

コルネリアは、下僕の事実に落ち込んだままだ。

クリストフは、自分の世界に入って何か悩んでいる。

そこに、ベルンハルトが視線を外したことで、監視の目もなくなった。

皆が全て終わったと思い、気が緩んでいた。

その隙を突いて、瑠璃唐草騎士団《ネモフィラ》の一人が動いた。

目で追い切れない素早い動きで、ロアとベルンハルトの死角に入り込む。後ろ手に縛られていたはずなのに、その拘束はいつの間にか解かれていた。

その手にはナイフが握られている。刃先が向かうのは、ロアだ。

その凶刃がロアの背中に到達しようとした瞬間。

飛び出したのは、アイリーンだった。


アマダン伯爵の四女アイリーン・ジェイムス・アマダンは夢見る女騎士だ。

『姫騎士アイリーン物語』。

同じ名前であることもあって、その物語の主役の姫騎士アイリーンに憧れ、自らもそうなりたいと夢見ていた。

だが、その夢は城塞迷宮《シタデルダンジョン》で打ち砕かれた。城塞迷宮《シタデルダンジョン》の中で、彼女は冒険者たちとグリフォンの戦いを見た。

いや、見せられたと言った方が良いだろうか。

彼女と二人の女騎士は、その冒険者の仲間に拘束され、戦いを見守ることしかできなかった。アイリーンは冒険者の戦いに無断で割って入り、そしてケガを負わせて拘束されたのだ。

その時、彼女は貴族であり騎士でもある自分が、なぜ冒険者にケガを負わせたくらいで拘束されないといけないのか理解できなかった。

だが、その冒険者のリーダーが他国の王族と知り、彼女は自分自身の行動を恥じた。自分より上の立場の人間を傷付けることは重罪だ。それは、相手が他国の人間であっても同じだ。

しかも身分を隠していたとはいえ王族となれば、戦争のきっかけにすらなりかねない。どんなに優しい裁きが下されたとしても、自身の死罪は免れないだろう。

罪を意識して、彼女は初めて、自分の行動が考えなしであったことを悟ったのだった。

その後に、冒険者たちの戦いを見せつけられ、格の違いを思い知らされた。目にもとまらぬ速攻での攻撃。一つの生き物のような連携。

アイリーンとそれほど変わらない体格の女性冒険者は戦槌《ウォーハンマー》を振り回し、グリフォンの翼を砕いていた。

そして、魔法攻撃を間に挟んで始まった、リーダーであり、王族である男とグリフォンの一対一の戦い。それは今まで見たどんな戦いよりも苛烈《かれつ》で、なのに目を背《そむ》けられないほど魅力的だった。

アイリーンの知らない、本当の戦いがそこにあった。

他国の貴族はあれほどまでに激しい戦いができるのかと、目を見張った。

彼こそ、物語の主人公だ。

姫騎士アイリーンも、王族でありながら身分を隠して行動し、さまざまな国で戦って武勇を誇った人物だ。男女の差こそあれ、目の前にいる男が、まさしく自分の望んでいた理想の姿だと思った。

ならば、自分は何なのか？

すぐに答えが出る。

主役の戦いを眺めているだけの、引き立て役の脇役だ。

それに気付いた時、アイリーンは膝から崩れ落ちそうになった。自ら、今までの自分を否定してしまったのだから。

戦いの決着がつき、グリフォンは逃げ去った。主人公の勝利だった。

グリフォンの翼と足を切り去った剣は炎を纏っていた。やはり、主人公の持つ剣は特別なのだと、アイリーンは納得した。

戦いが終わり、さらに上へと向かうことになった。

拘束されたアイリーンたちもそれに随行《ずいこう》させられる。

強制的に連れて行かれる状況だが、アイリーンも拒否はしない。むしろ、主人公がこの後に何を成すのかが知りたくて、拒絶されてもついて行きたいと思っていた。それが傍観することしかできない脇役に課せられた使命だ。

そして、大広間のような場所に到達すると、そこに広がっていたのは、神話のような光景だった。

淡《あわ》く緋色《ひいろ》の夕日が差す中で、一人の少年が佇んでいた。

少年の傍らには二匹の魔狼。それも、見たこともない美しい毛皮を持った大きな魔狼だった。

少年と魔狼の周囲には、宝石のように輝く光がゆっくりと降り注いでいる。

少年の足元には、六匹のグリフォンが深く頭を下げ、平伏していた。

その光景に、少年もまた主人公の一人なのだとアイリーンは悟った。

少年と冒険者たちが談笑を始める。

冒険者たちは、神話のような光景にあまり驚いている様子はなかった。主人公たちには見慣れた光景なのかもしれない。そう考え、脇役の自分がここにいることが妙に恥ずかしく思えてきた。

自分が……いや、自分たちが神聖なこの場面を汚しているような、そんな申し訳なさすら感じていた。舞台演劇であれば、目立たぬ内にそっと舞台袖に下がって消えるべき立場だ。

自分が連れてきたばかりに、同じような恥ずかしい立場にしてしまった騎士団の二人にも、申し訳ない気持ちが溢れてきた。

気になってそっと、二人に目をやる。

イヴリンは先ほどのアイリーンと同じく、目の前の光景に目を奪われていた。

彼女は瑠璃唐草《ネモフィラ》騎士団の創立当時から付き従ってくれている騎士だ。少し頭が固いのが玉に瑕《きず》だが、忠誠心が厚く騎士としての能力も高い。

もう一人、ヘザーはイヴリンとは逆に、最も遅く騎士団に所属した一番若い騎士だった。

辺境の地の男爵家の娘で、妾出《しょうしゅつ》のため幼い頃から兵士を目指したらしい。大人しい性格で、普段は目立たない騎士だった。

剣の才能はあまりなかったが、その代わりに魔法使いと呼んでいいほど魔法の才能があった。それを聞きつけたアイリーンが、騎士団に引き抜いたのだ。

先々代の男爵夫人が元王族だったらしく、『戦闘薬』を手に入れる縁を作ったのも彼女だった。

ヘザーに目を向けると、その背にキラリと光るものが見えた。

見慣れた光。

それは鋭く磨《みが》かれた刃のものだ。

それを見て、アイリーンは考える。貴族の令嬢で構成されている瑠璃唐草《ネモフィラ》騎士団は、なによりも上下関係と忠誠心を重んじる。

そのため、騎士団長であるアイリーンに危害を加える者を許さない。

アイリーンを拘束し、捕虜《ほりょ》のように連れ回されたことに怒り、ヘザーは冒険者たちに一矢報《いっしむく》いようとしているのではないか？

そう考えている間に、どうやって拘束を解いたのか分からないが、ヘザーは手に持った刃物……ナイフをかまえていた。

ヘザーの忠誠心は嬉しい。

だが、アイリーンは自分が物語の主人公ではないと気付いてしまった。脇役が、主人公を傷付けることは許されない。

ナイフが目の前の少年に向けられた瞬間、咄嗟にアイリーンは飛び出していた。


重いものがぶつかり合うような音が響いた。

「え？」

ロアが振り向くと、アイリーンと女騎士の一人が重なり合って立っていた。

アイリーンは後ろ手に縛られ猿轡《さるぐつわ》を噛まされていたが、女騎士の方は拘束が全て解けていた。

「ちぃ！　邪魔！　無能が出てくるな！」

女騎士は口汚く罵《ののし》り、アイリーンの腕を掴んで、近くにいたベルンハルトに向かって払い飛ばす。

不意を突かれたベルンハルトは受け止められず、アイリーンとぶつかって絡み合うようにして倒れてしまった。

女騎士の手にはミスリルのナイフ。

派手な飾りが施された、装飾用としか思えないそのナイフは血に汚れていた。

女騎士がナイフを振りかざす。

その標的は、ロアだ。

「「ロア！」」

複数の声が飛ぶ。それと同時に、不快なほどに鋭い金属音が響いた。

「くっ」

辛うじて、ロアは斬り付けられたナイフを自分のナイフで受け止めていた。

とっさにナイフを抜けたのは、コルネリアとの訓練の成果だろう。顔を動かせば刺さりそうな位置で、ナイフ同士が交差している。

「ほう……子供だと思ったけど、少しは戦えるようだねぇ」

女騎士は楽しそうに呟いた。

彼女の顔は狂気に歪み、とても騎士には見えない。もう一人の女騎士《イヴリン》が驚きに目を見開き、何かを訴えるように必死に彼女に向かって叫んでいる。だが、猿轡《さるぐつわ》を噛まされているため、ただの唸り声にしかならなかった。

「やめろ！」

ディートリヒの声が飛ぶ。しかし、女騎士は笑みを強めるだけだ。

「縛っただけで武装解除しなかったのはバカだったね！　おマヌケな王子さまぁ！　アンタを殺すことも考えたんだけどね、最優先はこのガキだよ！　このガキは我が国の脅威になるからね！」

交差したナイフが、ギリギリと音を立てる。女騎士の方が力が強いらしく、少しずつ、交差している刃はロアの顔に近づいていった。

望郷のメンバーはロアの周囲に集まっているものの、目の前の状況に手が出せない。手を出して均衡が崩れれば、ロアの命に関わりかねない。できるだけ安全に女騎士を排除できる瞬間を狙っていた。

「クリストフ、ごめん、アイリーンさんの治療をして」

やけに冷静な声で、ロアはクリストフに話しかけた。

「え？　いや、お前」

「ナイフに血が付いてます。鎧を貫通して、ケガを負ってるはずです」

「あ、ああ」

自分も危機的状況なのに、他人を気にしているのが実にロアらしいと、クリストフは苦笑を浮かべた。

そのおかげで頭が冷めて、周囲を見渡して気付く。

こういう状況で一番激しく行動しそうなグリおじさんと双子の魔狼に、動く気配がない。グリおじさんは脱力して寝そべったまま、双子は少し離れた位置で座ってこちらを見守っていた。

それに気付いて、無言で他のメンバーに目をやると、全員が同じことに気付いたらしい。何も言わずに、お互いに頷き合う。

ロアが落ち着いている原因も、そこにあるのだろう。

そしてクリストフは、倒れているアイリーンの確認を始めた。アイリーンは刺された衝撃からか、気を失っていた。

アイリーンの鎧の胸には穴が開いていた。

アイリーンの鎧は装飾重視で薄く、不格好にならないように、身体の線に沿うような作りになっている。そのせいで、あっさりとナイフに貫かれていた。

せめてナイフがミスリルでなければ、刺さらず止まっていたかもしれない。運が悪かったとしか言いようがない。

手首を掴むと、弱いながらも脈はまだあった。心臓は動いている。位置的に心臓に近いが、上手く逸れたのだろう。

だが、鎧の隙間からは血が流れ続けており、太い血管を傷付けたのは間違いなかった。いずれは出血多量で死んでしまうだろう。内臓も傷付いているに違いない。

クリストフは、傷を確かめるために鎧を脱がし始めた。

「この状況で他人のケガを気にするなんて、坊やは優しいねぇ」

「……」

女騎士がからかうように言うが、ロアは答えない。なおも力が加えられているナイフを支えるだけで必死だ。

「傷は深そうだ。魔法薬は、振りかけるだけでいいんだな？」

「そうです。一番良いの使ってください」

クリストフの問いには、端的に答える。

治癒魔法薬は飲ませるのが一番効果は高いが、振りかけるだけでも十分な効果を発揮する。冒険者には常識なのだが、それをわざわざ尋ねてくるということは、使うのを躊躇するような魔法薬でないと治せないということなのだろう。

そんな風に考えて、ロアは言葉を濁《にご》しながらも、一番良い、超位治癒魔法薬の使用を指示したのだった。

「私にもちゃんと返事してよ！　死ね!!」

交差したナイフはそのままに、女騎士は片手で腰の剣を抜き、ロアに斬り付けた。ナイフを支え続けるだけで手一杯のロアには、防ぐことは不可能なはずの攻撃だった。

しかし、ロアはそれを避けようともしない。

剣がロアの首筋を斬ろうとした瞬間、寸止めしたかのように剣は止まった。

そこには何もないはずなのに、柔らかな手応えの物が剣を防いでいる。女騎士は剣に力を込めるが、そこより先に進まない。

〈我が小僧に守りを施していないわけがないであろう?〉

〈だよねー〉

〈まぬけーーー!〉

従魔たちの楽しげな声が響く。

その声を聞くことができない女騎士は、困惑と焦りで顔を歪めた。

「どうしてオレを殺そうとするんです?」

「当たり前よねぇ! 凶悪な魔獣を八匹も従えて!! 大き過ぎる力は取り込むか排除するしかないんだよ? ネレウス王国が取り込もうとしてるから、私は国のために排除を選んだ。それだけのことよ。だよねー? お、う、じ、さ、ま!!」

女騎士は、ディートリヒがアイリーンに対して、ネレウス王国の王子だと宣言した場にいた。ディートリヒがロアと仲良くしていることが、彼女の所属する国に対して脅威になると判断したのだろう。

強大な力を持った存在が他国に行くなら、殺してでも排除しようとするのは当然の判断だ。

女騎士の言葉に、ディートリヒは悔しそうに奥歯を噛み締め、ロアたちから目を逸らした。

ディートリヒはロアを自分の国に取り込むつもりはなかった。だが、そう見えても仕方ない状況だった。

ロアは女騎士から目を逸らさない。真っ直ぐに見つめて真意を量《はか》っている。

〈人間の国ごときが、小僧と我らを好きにできると思っているのか？　傲慢《ごうまん》な〉

〈ごうまんは、おじちゃんの得意技だよねー〉

〈いつもの、おじちゃんだよねー〉

呑気な従魔たちの声が響くが、それに反応を示す者はいない。

ロアが魔法で守られていることは分かったが、まだロアは女騎士に剣で斬りつけられ、ナイフを突き合わせている状況だ。剣は魔法で止められ、ナイフもロアを傷付けることはないだろうが、油断はできない。

望郷の誰もが、何かあれば対処できるように、ロアたちを見つめていた。

五匹のグリフォンは、まだ身動きもせずに頭を下げている。現状でどうしていいのか迷っているのか、それとも関わり合いになりたくないから気配を消しているだけなのか……。

「どこの国の人ですか？　ペルデュ王国の騎士と言うのは嘘ですよね？」

ロアの言葉に、女騎士の表情がわずかに曇《くも》る。

ロアはこの女騎士が他国の密偵《みってい》だと思っていた。

元々ロアたちは『戦闘薬』の話を聞き、アイリーンが他国から戦闘薬を渡されているのではないかと推測していた。他国の密偵が瑠璃唐草騎士団《ネモフィラ》に入り込んでいると、事前に推測できていたのだ。

そこにアイリーンをナイフで刺し、「邪魔」「無能」と言い放つ女騎士の登場だ。彼女こそが他国の密偵だと思わない方がおかしい。

「さあ？ そんなこと聞かれて言うわけないよね？ バカなの？」

その返答で、推測は確信に変わる。肯定もしていないが、否定もしていない。ペルデュ王国の騎士ならば、真っ先に否定していただろう。

この女騎士がアイリーンに戦闘薬を渡していた犯人だ。そして、アイリーンを情報収集の隠れ蓑にしたり、裏工作のために利用したりしていたのだろう。ならば、今までのアイリーンの無謀な行動の数々も、彼女に巧みに誘導されたものなのかもしれない。

ロアはそう考え、アイリーンに若干の同情を覚えた。

〈まあ、普通に考えて、ペルデュ王国が荒れると利がある、アダドか北方連合国のどちらかだろうな。だがアダドは直情的な連中が多いからな。そのような面倒なことはしない。潜入調査や破壊工作をしていたのなら、北方連合国内の小国のどれかの所属だと考えるのが妥当だな。あそこには奸《かん》

計《けい》好きな性格の悪い連中がうじゃうじゃいるぞ。小国同士で色々仕掛け合っているからな、そういうのが大好きになるらしいのだ〉

「……北方連合国か……」

グリおじさんの考察を聞き、ロアは小さく呟いた。

「あら、意外と頭が良いのねぇ。でも、カマかけても、無駄よ」

グリおじさんの声が聞こえない女騎士は、ロアの呟きをカマかけだと判断したらしい。少し楽しげに話してくる。

「あの……もう、どう考えてもあなたに逃げ場はないですよね？　それにオレは魔法で守られてます。殺せませんよ。ですから、その、お互いにナイフを引いて、なかったことにしませんか？　オレはあなたの国に不利益になるようなことをする気もないですし、逃げても追いませんよ？」

周囲には従魔たちも望郷もいる。女騎士が何をしようが、もう逃げ場はないだろう。それを逃がしてやろうというのだから、一考の価値があるはずだ。

ロアの提案に、一瞬だけ女騎士は驚いた表情をしたが、すぐにロアを睨み返した。

「甘いよねぇ。そんなの、ダメに決まってるじゃない。ネレウスの連中と仲良さそうにしながらそんなこと言われても、信用できるわけないわ。国もそう判断するでしょうしねぇ。それに、私は最初から生き残ることなんて考えてないの。ここから逃げ延びても、任務失敗で処分されるだろうしね」

「国からも逃げれば！」

「家族がいるの。一族の名誉まで汚すわけにはいかないわ」

「……」

その言葉を聞いて、ロアは唇を噛んだ。何を言っても女騎士の考えは変わらないと、理解してしまった。

死を覚悟している人間の考えを変えさせるだけの、言葉も手段もロアは持っていない。

「あら、黙っちゃった。情報を聞き出したくてお喋りしてたんでしょ？」

「……」

ロアは答えない。確かに、情報が欲しくて、ロアは話しかけていた。だが、その情報は敵についてではなく、女騎士を説得するためのものだ。ロアの言葉では彼女の覚悟を変えられないと理解した今では、意味がない。

「もういいの？　……なら、殺してあげる！」

女騎士の剣を持つ手に炎が上がる。魔法の火の玉《ファイアーボール》を、剣を握りしめた自分の拳の中で発動したのだ。当然ながら、そんなことをすれば自身の手も火傷では済まない。下手をすれば骨まで黒焦げだ。

そして、放たれることなくその場で魔法が爆裂すれば、近距離過ぎて使った本人も死ぬ。

それは、刺し違える覚悟の攻撃だった。ロアを守っている魔法を突破するための、最後の手段だ。もし魔法を避けようとすればナイフが襲って来る。ナイフを支え続ければ魔法は避けられない。ロアにとって、逃げ場のない状況だった。

女騎士は、燃え盛る拳をロアに向かって振り下ろした。

「……ごめんなさい」

ロアの唇から、小さく謝罪の言葉が漏れた。

キンと、小さな音を立てて女騎士のナイフが砕ける。硝子《ガラス》でできていたかのように、細かく。ミスリル製のナイフが、小さな欠片《かけら》となって飛び散った。

「……武器破壊……ミスリルなのに？」

誰のものか分からない驚きの声が聞こえた。受け止めていたナイフが砕けたことで、抑えていた力の行き場がなくなり、女騎士の体勢が崩れる。

体勢が崩れたことで、振り下ろされた拳の軌道は大きく逸れた。女騎士の身体は、その勢いで前の方へ倒れかかるような格好になってしまった。

ロアもまた同じように体勢が崩れたが、それは予定通りの狙った動きだ。

ロアのナイフは、女騎士の首筋へと吸い込まれるように進んでいく。

そして、あっさりと女騎士の首筋を掻き斬った。

〈まったく、また気持ちの悪い魔法を使いおって。相手の武器を壊すだけなら、風の魔法をナイフに纏わせて斬ればいいであろうが？　なぜ変な魔法で砕く？〉

女騎士の倒れる重い音と、グリおじさんの呆れた声だけが響き渡った。

それが、ロアと女騎士の戦いが決した瞬間だった。


静かに時は流れる。

ロアは床に倒れている女騎士を無言で眺めていた。

ロアにとって、彼女は名前すら知らない人間だった。ただ調査団にいたなと思う程度の、何の関わりもなかった存在だった。

しかし今のロアは、彼女の死に顔を焼き付けるように、静かに見つめていた。

〈小僧、なぜ自分で始末をつけた？〉

静寂に耐え切れず、ロアに声を掛けたのはグリおじさんだ。その声は、わずかな怒気を含んでいた。

〈我の魔法の守りの前に、あの程度の魔法が脅威ではないのは分かっていたであろう？　自滅して、勝手にあやつは死んでいたぞ。周囲には寝坊助どももおったのだ、殺すにしても小僧が手を汚す必要はなかった〉

ロアがグリおじさんに目をやると、目をつぶって視線を合わせようともしない。怒っているのを隠しているようだ。

「うん……でも、この人は本気だったから、オレも本気で応えなきゃいけないと思って。それに、焼け死ぬのは苦しそうだなと思って……」

〈小僧の自己満足だな〉

「そうだね……」

ロアは唇を噛んで俯《うつむ》いた。

女騎士が魔法を使った瞬間、ロアが思い浮かべていたのは、グリおじさんと大魔術師死霊《グレーターリッチ》の戦いだった。

あの戦いで、グリおじさんは大魔術師死霊《グレーターリッチ》が最も望んでいるものを与えるために、自ら手を汚したのだ。大魔術師死霊《グレーターリッチ》の思いを、真正面から受け止めていた。

ロアはあの時のグリおじさんのように、他人の気持ちを真正面から受け止めて、自らの手を汚すことを選択した。

だが、そのことを語って、グリおじさんに負い目を感じさせたくはない。

だからこそ、何も言えなかった。

「ロア！　悪いがこの女の具合を見てくれ。一番いい治癒魔法薬の効き具合なんて知らないから、オレじゃちゃんと治ってるのか分からない！」

「あ、はい！　見ます！」

表情を曇らせたロアに声を掛けたのは、クリストフだった。

彼は治癒魔法薬を使ったアイリーンの容態《ようだい》を見ていた。ロアの指示に従って、アイリーンにはケガを治すのに特化している超位の治癒魔法薬を使っていた。だが、彼自身が言った通り、魔法薬が正しく効いているか判断がつかなかったのだ。

そしてまた、それはクリストフの優しさでもあった。グリおじさんに責められているロアを見ていられなくなり、逃げ道を作ってやったのだった。仕事を与えておけば、その間だけはグリおじさんの苦言も防げ、余計なことは考えずに済む。

「てめえ！　ロアが必死になってやったことに文句つけんな！」

寝そべっているグリおじさんに、ディートリヒが飛び掛かる。落下の勢いのままに、膝蹴りを食らわせた。

〈寝坊助!?　突然何をする?〉

〈文句だめー！〉

〈ロアいじめちゃだめー!!〉

追撃とばかりに、双子の魔狼もグリおじさんに飛び掛かった。シッポが大きく振られているので、こちらは遊び半分だろう。グリおじさんの腹に向かって落ち、その弾力を楽しんでいる。

〈待て、我はまだ上手く動けぬのだぞ！　魔力も小僧の防御に回しているからぜんぜん回復しておらぬ！　寝坊助の稚拙な攻撃でも、少し痛いのだ!!〉

一人と二匹に飛び掛かられて、グリおじさんは身体を揺すって逃げようとする。

「なに！　それはチャンスだ！　日頃の恨みを思い知れ!!」

〈ひごろのうらみーー〉

〈ちゃーーーーんす！〉

ディートリヒと双子《ルーとフィー》の魔狼はグリおじさんを持ち上げ、ひっくり返して仰向けにしてしまう。そして、無防備な腹に攻撃を始めた。

……攻撃と言っても撫で回して毛をぐちゃぐちゃにしたり、くすぐったりするだけだが。

〈待て、寝坊助！　貴様、戦いの後で血が滾《たぎ》って変になっておるだろ!?　我にこんなことをしてただで済むと思う……待て、そこは触るな！　くすぐったい！　双子！　舐めるな！　なぜ寝坊助まで舐めるのだ！　汚い！　やめろ!!〉

揉みくちゃである。その姿を、頭を下げて大人しくしていたはずの五匹のグリフォンたちが、恐ろしいものを見るように、目を真ん丸にして呆然と見つめていた。

「ところで、ロアは大丈夫なのか？」

不意に、ディートリヒは手を止めて、グリおじさんにしか聞こえない程度の小声で呟く。

〈大丈夫かとは？〉

「しっ、声を落とせよ。ロアに聞かれたくない」

〈この声は寝坊助にしか聞こえておらぬ。安心せよ〉

そう言えば、と、ディートリヒは、闇魔法を使うグリフォンと戦っていた時に聞こえたグリおじさんの声も、他の者に聞こえていなかったのを思い出した。実に器用な真似をするやつだと感心するが、今はそんなことを気にしている場合ではない。

「人を殺したことだ。大丈夫なんだろうな？」

異常な殺人鬼でもない限り、人が人を殺すと心に傷を負う。それは人の命が軽く、争いを繰り返しているこの世界でも変わらない。冒険者や兵士たちは、それに日々折り合いをつけて行動しているだけだ。

他人のことをいつも気にかけているロアなら、なおさら大きな傷となっているだろう。相手が死ぬしかない状況だったと言っても、自分が許せないかもしれない。

ディートリヒは、そのことを危惧《きぐ》していた。

少し落ち込んでいる感じはあるが、今のところロアは大丈夫そうに見える。ここでディートリヒがロアに「大丈夫か？」と声を掛けたところで、「大丈夫です」と答えるだろう。

しかし、ロアは負の感情をあまり表に出そうとしない。周囲に心配をかけまいとして抑え込んでしまうのだ。無理に聞き出そうとしても、頑固者のロアは絶対に本心を言わないだろう。

そのことを理解しているディートリヒは仕方なく、ロアと一番付き合いの長いグリおじさんに尋ねたのだった。

だが、人を殺すことを何とも思っていない魔獣にこういったことを聞いて意味があるのかと、彼自身、半信半疑だ。ろくな答えが返ってこない可能性も高かった。

〈気にするな。小僧はそこまで弱くない。一応、初めてのことでもないしな。数日の間は我を枕にしないと眠れない日々が続くだろうが、いずれは癒されて元に戻る。まったく、余計なことをして自ら心労を負いよって、面倒な。我には心配をかけるなと説教した癖に、舌の根の乾かぬ内に自ら前言を翻《ひるがえ》すような真似をしおって……〉

「オレにできることは……」

〈ないな!〉

間髪《かんはつ》容《い》れず、グリおじさんは答えた。

〈小僧は筋金入りの意地っ張りだぞ？　他人の慰めなど聞きもしないぞ？　自分自身で折り合いをつけるまで放置しておくしかない！　安心しろ、小僧は我とルーとフィーの愛らしさでしっかり癒してやる。寝坊助の出番などまったくない！　むしろ邪魔だ！　貴様のような者が視界に入ると心

が乱れる！　小僧に近づくな！　消えろ！〉

「てめぇ!!」

苦笑を浮かべながら、ディートリヒは再びグリおじさんを揉みくちゃにし始める。

「しまった！　毒だ!!」

それを邪魔したのは、ロアの叫びだった。

その声で全員がロアの方を見た。

そこには、寝かされたアイリーンの頭に覆い被さるようにして、呼吸を確かめているロアの姿があった。

傷を確かめるために脱がせたのか、アイリーンは上半身裸だ。その胸の膨らみを目にして、ディートリヒは慌てて目を逸らした。

〈ディートリヒ、発情してる？〉

〈はつじょうき!!〉

「してねぇよ!!　誰がそんな言葉を教えたんだよ？」

十代の青年のような反応が面白かったのか、双子の魔狼がディートリヒの顔を覗き込んで囃し立てる。アイリーンの治療をしていたロアとクリストフは、治療行為と割り切っているのだろう、剥き出しの胸を見ても照れた様子などなく、真顔で対応していた。

その傍らに立つベルンハルトは、まあ、いつも通りの無表情だ。興味がないのだろう。

「ナイフに塗ってあったのか。疑うべきだった……」

治療をしていたクリストフはそう呟くが、この場にいる誰もが疑いもしなかった。確かに、剣を持っていたのにあえてナイフを使って刺し殺そうとした時点で、なんらかの意図があると判断することはできただろう。

しかし、それはナイフに毒が塗ってあったと知った後だから、考えられることだ。予測は難しい。

「ほとんど呼吸してない。脈が弱まってる」

「助けられるのか？」

治療を任されていたため責任を感じているのか、クリストフは真剣な顔でロアに問いかけた。

「……難しいです。今は治癒魔法薬の効果がまだ残っているので生きてるだけです。毒が壊していっている部分を治療し続けているから持ってるだけです。効果が切れれば死にます」

「解毒《げどく》は？」

「毒の特定ができません。ナイフに付いていている毒を調べるにも、時間が足りません」

治癒魔法薬と解毒の魔法薬は本来別物である。

ただ、人間の身体が分解できる毒素の場合は、代用できる。毒で壊れた部分を治癒魔法薬で修復することで、通常より多くの毒を摂取しても問題ない状態にすることはできるのである。

要するに、解毒は人間が本来持っている力で行うが、治癒魔法薬を使うことで、摂取可能な毒の量を大幅に増やすことができるのだ。

アイリーンが受けた毒は、超位の治癒魔法薬でも治し切れないほど、致死量を大幅に超えた毒だったか、そもそも人間には分解不可能な毒だったかのどちらかだろう。

「どんな毒にでも効く魔法薬があっただろ？」

「無理です！　超位の治癒魔法薬を使った後ですよ？　身体が受け付けません！」

ロアは、思わず叫んだ。

超位の治癒魔法薬のことは、今までもう一人の女騎士が聞いていることから誤魔化して話していたが、そんなことを気にしていられる状況ではなくなっていた。

魔法薬は無限に使えるわけではない。

魔力が馴染みやすい魔獣は別だが、それ以外の生き物には必ず限界がある。使い過ぎると魔力酔いという症状が出てしまうのだ。そうなると、どんな魔法薬でも効果はない。

どんな毒にも効く解毒の魔法薬もまた超位だ。超位の治癒魔法薬を使った後で飲ませるとなると、確実に魔力酔いが発生して効かなくなる。

「この人は戦闘薬を常用していたから、さっきの魔法薬がちゃんと効いたのも、奇跡に近いくらいです」

魔法薬を口から飲ませていたら、効かなかったかもしれない。身体に振りかけるという方法を取ったおかげで、効果が弱まって逆に正常な効果を発揮した可能性もある。

「そうか……」

ロアに問いかけていたクリストフも、それ以上は何も言えなくなった。

ロアは必死に考える。まだ、救える可能性のある命が目の前にある。額に汗が浮かぶが、それを拭うことも忘れて考える。

〈……まったく。あのような者を救う意味などないであろうに〉

グリおじさんが呆れたように呟いた。

「そうだな」

仰向けにされたグリおじさんに伸《の》し掛かったままで、ディートリヒも同意した。

ディートリヒはアイリーンに敵意を持っている。自分が盛大にケガをし、双子がグリフォンたちにさらわれる原因を作ったのだ。双子の無事が分かるまでは本気で殺そうかと考えていたぐらいだ。

望郷のメンバーも同じ思いなのか、アイリーンのことを心配している雰囲気はなく、遠巻きに見ているだけだ。

クリストフが焦っているのは、あくまでロアに頼まれたことを完遂できなかったからだ。アイリーンのことを心配しているわけではなかった。

〈あの女は、小僧が手間をかけて作った料理を無駄にしたのだぞ？　それだけで死に値《あたい》する！〉

「それも極端だとは思うがな……でも、ロアが望んでるんだから、あんたは救う手助けをするんだろ？」

ディートリヒは、ニヤリと歯を見せて笑った。

〈なに、我が助けなくとも小僧は自分で何とかするぞ？　小僧はあのような顔をした者が近くにいて、全力を尽くさぬほど無能ではない〉

グリおじさんは、ディートリヒを促すように視線を動かした。

ディートリヒがその方向に目を向けると、悲痛な表情で立ちすくんでいる、もう一人の女騎士の姿があった。アイリーンが連れていた、二人の女騎士の内の一人、イヴリンだ。

同僚に裏切られ、敬愛《けいあい》するアイリーンが死のうとしている。絶望に手足は震え、顔色は真っ青になっていた。

その目からは、とめどなく涙が流れている。拘束されて猿轡《さるぐつわ》を噛まされていなければ、泣きわめいて暴れているところだろう。

「グリおじさん、ガオケレナの葉について教えて！」

その時、ロアの声が響いた。

〈ほらな〉

グリおじさんが、自慢げにディートリヒに笑いかける。こちらの話を聞いていたかのような絶妙なロアの発言に、ディートリヒは嫉妬めいた表情を浮かべた。

グリおじさんがロアの理解者であることに、納得がいかないらしい。

「ん？　何？」

〈いや、こちらの話だ。気にするな。ガオケレナの葉だったな。本当にいいのか？〉

「なにが？」

『生命の巨木《ガオケレナ》の葉』は、ウサギたちの森の中の『賢者の薬草園』と呼ばれる場所で、ロアが翼兎《ウイングラビット》のピョンちゃんより譲り受けたものだ。

長寿の魔法薬の原料になり、そのまま葉を食べても延命効果がある。

ロアはその葉を十枚譲り受けると共に、今生きている人間は誰も知らない本当の使用方法を見つけ出すという、賢者になるための試練を出されたのだった。賢者の地位と、一生手に入らないかもしれない至高の魔法薬の材料。

友好的な関係とは言えなかったアイリーンの命と引き換えに差し出すには、あまりに大きな代価だ。

〈我がその葉のことを教えれば、賢者の試練は失敗になるのだぞ？　たとえ与えられるのが何の関係もない情報でもな〉

「え？　ああ、運試しね。ガオケレナの葉がもらえたからって、そんなのオレなんかには最初から無理なんだし関係ないでしょ？　ピョンちゃんに会わないともらえない貴重な葉っぱだからって、必要な時に使わなきゃ意味ないよ」

〈はあ？　小僧、なんと？〉

「だから、ピョンちゃんに会って葉をもらったらできる、運試しなんでしょ？」

〈……〉

あっさりと、当然とばかりにロアは言い放つ。それは考えた末に言った感じではなく、試練をこなして賢者になることなど、最初からまったく考えてもいなかったという雰囲気だった。

確かにピョンちゃんは「運試し」という言葉を使っていたが、それはそれくらい気楽にやれという意味だ。

だがロアは、ピョンちゃんに会えば誰でもガオケレナの葉がもらえて、試練はそのオマケでやれるようなものだと思っているらしい。

〈小僧……まさか、そこまで理解しておらなんだとは。自己評価の低さゆえに、言葉を曲げて解釈しておったか……〉

グリおじさんは、信じられないものを見る目でロアを見つめた。ピョンちゃんはちゃんと実力でロアを選んで、賢者の試練を与えたのだ。むしろ、ガオケレナの葉の方がその試練のための道具に過ぎず、いうなればオマケである。

間違っても、誰でも受けられ、もらえるようなものではない。

「そんなことは良いから、早く教えて！　いつ容態が急変するか分からないんだから！」

〈さすがにピョンのやつが不憫《ふびん》だぞ……いや、いい気味か。あやつは妙な策を弄《ろう》する癖がある。一度、それが通じぬ相手に痛い目を見させられるべきなのだ。ピョンの卑怯な思惑が台なしになるのは我にとっても望ましいしな。ふむ〉

グリおじさんは独り言《ご》ちると、目をつぶって少し考える。仰向けのグリおじさんの腹の上にはディートリヒと双子の魔狼が乗ったままだ。

さすがに考えているのを邪魔する気にはならなかったのか、身動きせずに大人しく見守っている。

〈小僧、ガオケレナの葉でその女は救われるだろう。だが、条件がある〉

「オレにできること？」

〈いや、寝坊助たちと、そこに立つ迷惑令嬢の仲間の泣き虫騎士への条件だな〉

グリおじさんは、涙を流しながら傍らに立ち、アイリーンを心配そうに見つめている女騎士に視線を向けた。

〈寝坊助よ、貴様らの国へあの二人を連れて行き、監視できるか？　知られたくないことを知り過ぎている。殺すのが手っ取り早いのだが、それができればこのような話になっておらぬからな〉

殺すという言葉が出た途端に、ロアがグリおじさんを睨みつけた。

「できるが……それはもちろん、オレたちの国の人間にも知られずにってことだよな？」

〈当たり前であろう。もし色々バレて小僧の自由が奪われるようなら、滅ぼすからな？〉

静かな声だが、それだけに逆にグリおじさんの本気が窺えた。

ロアに危害どころか、わずかな不利益が出た時点で、グリおじさんは平気で、国であっても敵に回すだろう。もっとも、その点についてはディートリヒも同じ気持ちなため、本国への報告をする気はまったくない。

〈それからチャラいの、これから我が言うことをその女騎士に伝えろ〉

「またオレかよ！　リーダーでいいだろ!!」

名指しされたチャラい《クリストフ》のは悲鳴のような声を上げた。

クリストフは以前、グリおじさんの言葉を代弁させられ、恥ずかしい思いをしている。二度と御免だと思っていた。

〈寝坊助では言葉に重みがなく信頼できぬ。頭の悪いやつの言うことなど誰も信用せぬぞ？　ロアも子供で本気にされない。チャラいのが適任だ！〉

「……それは……確かに……」

「お前ら、さらっとオレをバカにするなよ！」

ディートリヒが非難の声を上げたが、皆はそれを無視した。

〈その前に小僧。その女はもう、記憶が壊れていると思っていいな?〉

「!?」

ロアはグリおじさんの言葉に驚いたが、すぐに首を縦に振って肯定した。

〈だろうな。治癒魔法薬は身体を修復するだけで、そこに蓄えられた経験は失われるのが常だ。今のように呼吸が止まりかけ、心臓の動きも悪くなれば脳まで損傷するはずだからな。脳としての機能が修復されても、記憶はなくなるだろう〉

治癒魔法薬は、身体の壊れた部分を正常に戻す薬だ。経験は、それに含まれていない。

筋肉や神経であれば、他の正常な部分との兼ね合いで、まったく真っ新《さら》な赤子の状態まで戻るということはないが、脳は繊細にして複雑な部分だ。むしろ記憶を失うだけで済むというのが奇跡に近かった。

〈では、チャラいの、我からその女騎士に出す条件は、貴様らの国への移住と今までの知り合いとの接触禁止、ここで見聞きしたことの他言無用だな。まあ、そやつらは伯爵家から疎《うと》まれてここで捨てられたようなものだからな。ましてや迷惑令嬢が記憶を失って帰ったとなると、もろともに処分される可能性が高い。ここから他国へ逃げて、死んだことにした方が幸せに暮らせるだろう。そのことを言い含めれば、頷くしかない条件であろう?〉

グリおじさんの言葉を聞き、確かに今後のロアたちが平穏に暮らすためには必要な処置だと納得して、クリストフは女騎士の説得を始める。

その説得には、グリおじさんの言葉に加えて、ネレウスの王族であるディートリヒに危害を加えた話も含ませた。

他国とはいえ王族へ危害を加えたとなると、死罪は免れない。イヴリンはアイリーンの命が助かるのならばと、感謝しながら頷いてあっさりと条件を呑んだ。

「それで、グリおじさん……」

〈その葉をすり潰し、汁を飲ませればいい。それだけで十分なはずだ。ガオケレナの葉は身体の内の悪《あ》しきものを消して命を永らえさせる。いわば、究極の毒消しとしての側面を持っておる。何でも人間の体の中には、老いさせる毒というのが年と共に溜まっていくらしいぞ？　まあ、その葉の能力はそれだけではないのだがな！　その女を救うためには手持ちの葉を全て使わねばならぬだろうし、小僧にはもう一生研究する機会はなくなったな!!　ピョンのやつの卑劣な野望も潰《つい》えた!!〉

グリおじさんは興奮しているのか、身体を大きく震わせる。腹の上で、ディートリヒと双子の魔狼が大きく跳ね上げられた。

〈街に帰れば小僧は正式な冒険者だ！　双子も名を得られた！　ヒヨコどもも再び我の配下になった！　憂《うれ》いであったピョンの計画は潰れたし、我は適度に気持ち良く暴れられ、寝坊助どもも死なない程度に痛い目を見た！　小僧も少しだが実戦を経験して、色々な薬の人体実験もできた!!　おまけにどこぞの国の間者《かんじゃ》は始末できたし、厄介事を生み出す迷惑暴走令嬢の始末までついた！　ついでにさらわれた人質は死なさずに回収できたし、調査団の死亡者もなしだ！　なんだ、全て丸く収まった大団円《だいだんえん》ではないか!!　ふはははははは!!〉

響き渡る笑い声に、グリおじさん以外の全員が微妙な顔をする。

五匹のグリフォンに至っては、絶望の表情で大きく首を横に振っていた。彼らにとって、グリおじさんの配下と言われるのは死刑宣告に近いのかもしれない。

壊れた建物、転がる死体、負傷者もいる……とても大団円とは言えぬ状態だ。

今はまだ説明されていないため、望郷のメンバーもグリおじさんと双子に騙されて無駄な戦いをさせられたことに気付いていない。だが、知れば激怒するだろう。

とても皆が納得いく結果ではない。

「グリおじさん、まったく反省してないよね？　当たり前だけど、この建物の修復はグリおじさんにやってもらうからね？　自分で壊したんだから、当然だよね？　それからグリフォンたちも全部治療するから、それに使った素材の補充も手伝ってもらうからね？　ついでに一週間飯抜き！」

〈はあ!?　なぜだ!?〉

どれだけ説教をしても、騙されたロアの怒りはまだ収まり切っていない。

だが、悪いことばかりではなかったと、ロアは大きくため息をつきながらも笑みを浮かべたのだった。

第二十話　旅の終わりに

城塞迷宮《シタデルダンジョン》に向かう街道を囲む森の奥深く。

生命の巨木《ガオケレナ》が支配する『賢者の薬草園』では、一匹の黒いウサギが眠っていた。彼はピョンちゃん。ここの管理人にして、ウサギの王である翼兎《ウイングラビット》だ。

巨大な木の洞《うろ》で、自らの大きな耳を毛布のように身体にかけて眠っていた。

不意に、ピョンちゃんの口元に笑みが浮かぶ。

〈……やっぱり、そうなっちゃったかぁ〉

呟くと同時に、ゆっくりと目を開いた。

ピョンちゃんはグリおじさんの目を通して全てを見ていた。ロアを経由して、間接的に繋がっている魔力回廊を通じ、視覚を共有していたのである。

それは、従魔契約をした相手が遠方にいる時の、情報共有の手段だった。本来であれば、従魔契約をしている人間の視覚から情報を得るのだが、今回はもっとも傍観者に徹して周りを見ていそうなグリおじさんを利用したのだった。

もちろん、視覚を借りて覗き見をしているのは、ロアにもグリおじさんにも内緒だ。

こういった細かな術はグリおじさんよりピョンちゃんの方が得意だ。性格的にはネチネチとしつこい癖に、やることは大雑把なグリおじさんでは、覗き見をされていることに一生気付くことはないだろう。

〈賢者に興味がないどころか、妙な勘違いをしてたとはね。やっぱり彼もまた相当の変わり者だね〉

ガオケレナの葉は全て使い切られ、ロアが賢者になる道は断たれたというのに、ピョンちゃんの表情は晴れやかだ。まるで、こうなることを望んでいたかのようだった。

〈まあ、貴重な葉を他人のために使い切った精神は評価できるしね。しばらく様子を見てまた適当な試練をでっち上げればいいかな?〉

不穏な言葉を吐きながら、ピョンちゃんはキュッと小さく鳴く。すると他のウサギたちが集まり始め、あっという間にピョンちゃんの周りはウサギだらけになってしまった。

集まってきたウサギたちは、ピョンちゃんの毛づくろいを始める。悠然と毛づくろいをされている姿は、まさにウサギの王であった。

〈グリおじいちゃんも双子ちゃんも、ちゃんとロアくんを育ててね。育ったらボクが横から掻っさらってあげるからね〉

ピョンちゃんは可愛らしく微笑む。

ピョンちゃんの独り言は、葉擦れの音で掻き消されて、誰の下にも届かなかった。

とある国、とある王城、とある部屋。

「結局、あの娘は失敗して死んじゃったってこと？」

薄らと山頂に雪が残っている連峰《れんぽう》を望むテラスで、輝くような美青年が一人純白のテーブルについて、お茶を楽しんでいた。その傍らには、片膝をついて頭を軽く下げた武骨な軍人風の男が控えていた。

美青年の口元には、常に貼り付けたような笑みが浮かんでいる。

「アマダン伯爵令嬢と共に城塞迷宮《シタデルダンジョン》に向かい、そのまま消息を絶ったようです。生存は絶望的かと思われます」

「ふーん。でも例のグリフォンを連れた少年は帰ってきたんでしょ？　あの娘たちは見捨てられちゃったのかな？」

空《から》になったティーカップの取っ手に人差し指をひっかけ、くるくると回す。わずかに残った雫が軍人風の男の顔に飛んだが、男は微動だにしなかった。まるで石像のように表情一つ変えない。

「冒険者一行より遅れて出発し、完全に別行動だったそうです」

「なるほどー。勝手に後を追いかけてきて、知らない所で死んだんだから無関係ってことね。せっかく運良く一緒に城塞迷宮《シタデルダンジョン》に行けることになったのに、取り込みも始末もできなかったんだねぇ。ずっとあの面白い令嬢の相手をして、王城内部の情報まで流してくれてたから有能だと思ってたけど、そうでもなかったのかな？　お薬を使ってチマチマと冒険者と貴族の仲を悪くするってのもあまり上手くいってなかったみたいだしねぇ。でもまあ今まで役に立っててくれたんだから、冥福《めいふく》を祈ってあげようかぁ」

そう言いながらも、テーブルの上のクッキーを手に取り齧《かじ》る。祈る気持ちなどまったくないのは明白だった。

「ペルデュ王国は件《くだん》の少年を保護していく方針に切り替えたようです。どうも、聖工《せいこう》ブルーノのごり押しがあったようなのですが、あちらの王城に忍ばせているのは末端の者が多く、事実確認はできていません」

「ブルーノ!?　何であのオジサンが出てくるの!?　あの人きらい！」

青年は心底嫌そうに歯を剥き出しにして叫ぶ。

「聖工ブルーノは少年を『弟子』だと言っていたようです」

「え？　弟子？　本当に？」

「以前に少年が生産者ギルドにも所属したという報告が上がっていますので、事実である可能性はありますが、冒険者ギルド内の噂では、錬金術師《れんきんじゅつし》である可能性の方が高く、確信は持てません。なにぶん、今、あの街の冒険者ギルドは建物の崩壊とギルドマスターの交代で混乱しており、潜入させている者も、その対応に追われて情報収集が上手くいかないようで」

「ああ、原因不明の崩壊と、突然のギルドマスターの交代だっけ？　それも意味が分からないんだよね。どう考えてもギルドマスターになりそうもない人が抜擢《ばってき》されてるよね？　裏がありそうだけど、冒険者ギルド本部の方針ってどうも分からないことが多いからなー。いまだに本部がどこにあるのかも、誰が本部所属の人間なのかも分からないんだよねぇ。黒幕《フィクサー》とやらの存在もよく分かんないし」

「申し訳ありません」

軍人風の男は、表情は変えずに大きく頭を下げた。

「いいよいいよ。どこの国の諜報《ちょうほう》機関も掴めてないことなんだから。うーーん。冒険者ギルドの方も、ブルーノのオジサンが関わってそうだよね。あの人、そこらじゅうのギルドに顔が利《き》くからねぇ。我々が知らないようなことも知ってそうだしねぇ。『弟子』って言って大事にしてるなら、守るために人事に口出しするぐらい、平気でやりそうだよね。無茶苦茶な人だし、建物の一つくらい平気で壊しそうだしね。あの人が脅しに壊したのなら、納得かな?」

「聖工ブルーノの意思は量りかねます。重ね重ね、申し訳ありません」

再び、男は頭を下げた。

「でもブルーノもかぁ。あの怖いネレウスの女王も少し関わってるぽいし、何なんだろうね、その少年。調べれば調べるほど不思議な子だよね。ただの幸運でグリフォンを手にしたわけじゃないのかもしれないね。下手に手出ししたらこっちが潰されそうな気がしてきたよー。怖いなー」

おどけて言うと、美青年は両手を大きく宙に掲げてみせた。お手上げ、といった動作だ。

「まあ、しばらくは様子見だけでいいよ。面白い情報があったら教えて。そろそろ様子見してた連中も動き出すでしょ。上手くいけば、他が動いたおかげでこちらの思惑を通しやすくなるかもしれないしねぇ。アダドあたりが動いてくれないかなぁ。ちょっと足りない人たちが動いてくれた方が工作しやすいしねぇ。あ、そうそう、死んじゃった人の代わりは、適当に派遣《はけん》しといてね。面白令嬢の側近みたいに、良い地位にはもう入り込めないだろうから、本当に適当でいいよ、適当で」

「はい」

「でもグリフォンごとその子も欲しかったなー」

自然な動作で、美青年は手に持っていたティーカップを、テラスの外に向けて投げ捨てる。

ティーカップは空に溶けるように消えていき、遠くで割れる音だけが響いた。

抜けるような青空の下、ネレウス王国の国境近くの街道を一台の馬車が進む。

幌《ほろ》なしのどこにでもある荷馬車で、その御者台には一組の男女、荷台には二人の女性が座っていた。

「もうすぐ、あなたたちが住む予定の街に着くからね」

そう御者台から荷台の二人に声を掛けたのはコルネリアだ。その横に座り、無言で手綱を操っているのは、ベルンハルトだった。

「はい……」

それに答えたのは元瑠璃唐草《ネモフィラ》騎士団の女騎士、イヴリンだ。

彼女は騎士団の鎧姿ではなく、質素な服を着ていた。ただ、まだそれなりの矜持があるのか、男性の服装で腰には剣を下げている。

「イヴお姉さま……」

そしてその様子を眺めているのは、元瑠璃唐草《ネモフィラ》騎士団の団長、アイリーン。彼女は質素な町娘の格好をしていた。

アイリーンは不安げにイヴリンにそっと身を寄せる。その肩をイヴリンは優しく抱いた。

彼女たちは城塞迷宮《シタデルダンジョン》の中でその身分と名前を捨てた。今ここにいるのは元騎士で平民となったイヴと、その妹のリリィだ。

彼女たちの家は諸事情により家族を失い、偶然知り合ったコルネリアに保護された。そしてその家族を失った騒動の時に、妹のリリィは強い衝撃を受けて記憶を失った……ということになっている。

実際はアイリーンの命を救う代償に、彼女たちは身分と名前を捨てて、コルネリアの親族が治めている領地に亡命《ぼうめい》することになったのだった。

もっとも、アイリーンが記憶を失っていることだけは事実だ。

彼女の脳は毒に侵され、治癒魔法薬で修復されたことで多くの記憶を失った。

記憶を失う場合、短期間の記憶、長期間の記憶、体験の記憶、言葉などの意味の記憶、訓練によって得た動作の記憶という順番で失いやすいと言われている。

幸いにも彼女の場合、毒によって脳が酷い損傷を受けたものの、言葉と動作の記憶までは失われていなかった。普通の生活に支障はないはずだ。

そこでイヴリンは、彼女を自分の妹にして一緒に生活することを選んだのだった。

「仕事もしてもらわないといけないから、今から考えておいてね。国境警備なら私の伝手《つて》でなんとかなるわよ」

騎士だったイヴリンとアイリーンなら、十分兵士として働けるだろう。そう思ってコルネリアは言ったのだが、アイリーンはさらに怯えたようにイヴリンに縋りつく。

「国境警備なんて、怖いです」

震える唇から、元騎士団長とは思えない言葉を漏らした。

記憶を失った彼女は、ごく普通の女性となっていた。騎士団長の面影どころか、貴族の令嬢であったことすら信じられないくらい、傲慢な部分がなくなった。

それが彼女の本質だったのだろう。

貴族令嬢や騎士団長としての言動は、その身を守るための殻だったのだ。記憶を失い、自らを偽る必要がなくなった彼女は、弱さをさらけ出して本来の姿を取り戻していた。

「……リリィ……」

イヴリンは、怯えるアイリーンをそっと抱きしめる。か弱い妹を守る本当の姉のように、優しく。

「あー、いえ、別に国境警備の兵士になれって言ってるわけじゃないから！　その、選択肢の一つとして言ってるだけだから！　そうね、平民の子供たちに勉強を教える先生の仕事なら、なんとか紹介もできると思うわ！　それも無理なら、しばらくゆっくりしてから、自分の好きな仕事を見つけてもいいんだからね」

自分の発言が不味かったかと、コルネリアは慌てて取り繕った。

コルネリアとしては、元騎士の二人に、気を利かせて兵士の仕事を紹介したつもりだった。まさか、そこまで怯えるとは思ってもみなかった。

「大丈夫よ。リリィは私が守ってあげるからね」

「お姉さま……」

抱き合う二人を見て、コルネリアは軽くため息をついてから前を向いた。

イヴリンとアイリーンは、抱き合いつつ互いの温かさを確かめる。

イヴリンは、今が幸せだと思った。

抱きしめているアイリーンの細い肩に、どれほどの重荷が乗っていたのか。

貴族の令嬢として、そして騎士団長としての重責は彼女に重く伸し掛かっていたはずだ。

確かに記憶をなくしたことは、アイリーンにとって不幸だろう。だが、それ以上に、重荷から解放されて普通の女性として生きられることは幸福なはずだ。

イヴリンの知るアイリーンは、いつも令嬢として家の利益になることを追い求めて努力をしていた。その過程で得た騎士団長という地位を守るために、必死になっていた。

そのために常に苦痛を感じており、奇妙な薬にも手を出してまで、逃げ出したい気持ちを抑えつけてきた。

もうすでに限界だった。物語の姫騎士アイリーンに自分を重ね合わせることで、自分を保っていたのだ。

イヴリンはいつも彼女を支えたいと思っていたが、必要以上の手出しができなかった。身分の差が大きな壁となり、常に二人の間に立ち塞がっていた。

今、ただの平民のイヴとリリィとなった彼女たちに身分の差はない。

それどころか、か弱い妹を守る姉として、人目を気にすることもなく、自由に彼女を抱きしめることもできる。

アイリーンの肌の温かさを感じながら、幸せだとイヴリンは思った。

アイリーンが幸せに生きられるように、支え続けようと思った。

そのためなら、騎士としての身分を捨てることなど何の問題もない。

アイリーンもまた、今が幸せだと感じていた。

優しく抱きしめてくれるイヴリンがいてくれて、本当に良かったと思っていた。

記憶を失ったらしいが、姉がいれば知らない場所でも強く生きられる。何も分からない状況は怖いが、それでも姉がいれば耐えられる。

私たちは幸せになれる。

互いの温もりを感じながら、イヴリンとアイリーンは確信していたのだった。

城塞迷宮《シタデルダンジョン》での騒ぎから二週間ほど経ったある日の昼過ぎ。

ロアたちはアマダンの街に戻ってきた。

「たかだか十日と少しいなかっただけなのに、ものすごく久しぶりな気がするな」

街の中を歩きながら、ディートリヒは上機嫌だ。

話しながらも、その目は道沿いの屋台を眺めている。きっと夕食に何を食べるか考えているのだろう。

街に帰ってくるまでの間はずっとロアに食事を作ってもらっていて、旅にしては豪華な食事が続いていたのだが、それとこれとは別問題だ。

「そうですね。ホッとします」

「オレたちもここの生まれっていうわけじゃないが、それでも帰ってきた感じはあるな」

グリおじさんがいるため遠巻きに眺めている街の人々に目をやりながら、クリストフも同意した。

ロアたちは城塞迷宮《シタデルダンジョン》で一夜を過ごした後、次の日の昼には出立《しゅったつ》していた。グリおじさんの魔法で飛行して、先行していた調査団の一行とすぐに合流した。そして調査団と一緒に、この街まで戻ってきたのである。

調査団とは街の門の前で別れたが、すでに依頼の終了証はもらってある。

あとはそれを冒険者ギルドに提出すれば、今回の旅も終わりだ。

城塞迷宮《シタデルダンジョン》は様々な素材の宝庫であり、本当ならロアたちは、数日かけて探索と採取をしたかったのだがそういうわけにもいかなかった。人質になっていた兵士が問題だった。

兵士は一度回復して目を覚ましたのだが、何も知らない方が良いだろうということで、即座にグリおじさんに魔法で眠らされた。

だが、眠ったままにしておくにしても、せいぜい一日が限度。食事や排泄《はいせつ》なしに放置しておくわけにはいかない。

仕方なしに、後日再び訪れることにして、城塞迷宮《シタデルダンジョン》を離れたのだった。

〈む……これは我の準備していた魔法か？　かなり弱く方向性が違っている気がするが？　なぜ発動した？　自然に地脈と繋がったのか？　それが原因で変質したか？〉

「どうしたの、グリおじさん？」

〈あ、いや、うむ、そのだな、ヒヨコどもにも街の中を体験させてやれれば良かったなと思ってだな〉

「それは無理だって言ったよね？」

五匹のグリフォンたちは、そのまま城塞迷宮《シタデルダンジョン》に残り、今まで通りの生活をすることになった。

連れ帰れば、国を巻き込んだ大騒ぎになるのは分かり切っているので、当然の判断だろう。

グリおじさんは、ロアを守るための配下として連れてきたかったようだが、即座に却下された。

表面的には城塞迷宮《シタデルダンジョン》は今まで通りで、冒険者ギルドにも変化なしと報告する予定だ。

「でも、落ち着いた頃に、グリおじさんと入れ替わりで一匹ずつ街を見せてあげるのもいいかもね。普通の人には見分けがつかないみたいだし」

〈威厳や美しさや可愛さや賢さがまったく違うというのに、見分けがつかぬとは、人間とは愚かだな。好都合ではあるが〉

グリフォンたちは、ロアの魔法薬で完全な状態に治療された。建物の方も修復されて元通りだ。修復は、罰としてグリおじさん一人が不眠不休で作業させられたのだが、怒りに任せて好き勝手にやらかしたため、むしろ以前より堅固な建物になってしまった。

元々壊すことが不可能だった外壁部分に加え、床や内壁も強力な魔法を使わない限り、簡単には崩れないだろう。それに内装も大きく変えられており、妙に生活しやすそうな凝った作りになっていた。

「またあっちにも遊びに行こうね。せっかくグリフォンたちとも仲良くなれたし、素材も集めたいし」

〈あそぶーーーー！〉

〈全力であそんでも壊れないおともだち！〉

グリフォンたちのことを思い出したのか、双子の魔狼《ルーとフィー》が楽しそうに駆け回る。

グリフォンたちは、ロアが治癒魔法薬で治療してくれたことや、グリおじさんに罰を与える様子を見たことで、完全にロアに従うようになっていた。

最初こそ、嫌いなグリおじさんの配下にされるくらいなら、ロアの従魔になった方がいいという打算もあっただろう。しかし、それ以上にロアの優しさに心を動かされたようだ。

傷を治してもらい、食事を与えてもらう内にロアを尊敬するようになり、城塞迷宮《シタデルダンジョン》を離れる頃には崇拝するようになっていた。

ロアとしては、グリおじさんや双子にしていたことを同じようにやってあげただけなのだが、それがかなり好評だった。

「コルネリアとベルンハルトは大丈夫かな？」

「あの二人をうちの国の辺境の知り合いのところに届けるだけだから、すぐ戻ってくるって」

フラフラと屋台の方に行こうとするディートリヒのシャツを引っ張って引き戻しながら、クリストフが答える。

今ここにいる望郷のメンバーは、ディートリヒとクリストフだけだ。

コルネリアとベルンハルトは城塞迷宮《シタデルダンジョン》を出た時点で別行動となり、一旦、ネレウス王国へと向かった。

アイリーンとイヴリンをコルネリアの親族の領地に預けるためだ。

クリストフがあえて「辺境の知り合い」と言葉を濁したのは、今までの関係を変えないためだ。

ロアは女騎士にナイフで襲われた時に、しっかりとディートリヒが王族だということを聞いたはずだ。しかし、まるでその話を聞いていなかったかのように、今まで通りの対応をしてきた。

事情があると察して、知らないフリをしてくれているのだろう。もしかすると、今までも気付いていながらそうでないフリをしていただけかもしれない。

時々、グリおじさんとの会話で予想できるような話をしていたため、その可能性も高い。

望郷のメンバーは、そんなロアの気遣いに乗っかることにした。

つまり、厄介なお忍びの王族と騎士や魔術師の集団ではなく、今まで通りの冒険者パーティーの望郷として接することにしたのだ。

だからこそ、王族や貴族を匂わせるような会話はあえて避けている。

「……あれ？　そろそろ冒険者ギルドの建物が見えるはずなのに？」

急に、ロアが不思議そうな声を上げる。

いつもなら、冒険者ギルドの建物が目に入ってくる場所に差し掛かっているはずなのだ。だというのに、それらしき建物がない。

目立つ建物なので、見落とすはずがない。

〈……〉

「……」

「……」

グリおじさんは、自分のやったことの成果を確認してニヤリと笑う。

ディートリヒはグリおじさんを睨みつけ、クリストフは軽く頭を抱えた。

全員が無言なのに、態度はまったく違う。

ディートリヒとクリストフは、コルネリアから冒険者ギルドの建物崩壊について聞いていた。もちろん、犯人が誰なのか見当はついている。

この場にいる人間で知らないのは、ロアだけだ。

「え？　建物が崩れてる？」

冒険者ギルドの前まで来ると、ロアが見たのは崩れ落ちた建物と、撤去作業をしている職人たちの姿だった。

「あーーそういや、出かける前に建て替え工事をやるって聞いたような気が？　まあ、いいじゃねーか。おっと、仮の受付はあっちの天幕の方みたいだぞ？」

ディートリヒは、呆然としているロアの肩を抱いて進み始める。

途中でディートリヒはグリおじさんの方を向き、何か企むような笑みを浮かべたのだった。

天幕に仮設された冒険者ギルドは元の建物よりも狭く、冒険者たちで溢れていた。

ロアたちと共にグリおじさんが入って行こうとすると、やんわりと職員たちに止められてしまった。魔狼程度ならともかく、グリフォンが入れるほどの広さは、天幕にはなかった。

いや、一応入れるだけの広さはあるのだが、建物の時と違ってグリフォンと十分な距離を取れるほどではない。そのため、天幕から慌てて逃げ出そうとする冒険者や職員が続出し、軽い恐慌《パニック》となったため、入れるのはやめて欲しいと懇願されたのだった。

そのため、グリおじさんと双子の魔狼《ルーとフィー》は、外の瓦礫《がれき》撤去が済んでいる開けた場所で待つこととなった。

付き添いは、クリストフだ。

〈……〉

グリおじさんは、少し高くなっている場所を見つけて無言で寝そべっている。目をつぶって身動き一つしないが、天幕の中に入っていったロアたちの様子を魔法で探っているのだろう。

クリストフは傍らに転がっていた岩に腰掛け、退屈そうに冒険者ギルド周辺を行き交う人たちを眺めていた。

双子の魔狼はと言うと、冒険者ギルド周辺に植えられていた生垣に頭を突っ込み、虫か何かを探して遊んでいるようだった。

緑に茂っている生垣から双子のお尻だけが突き出しており、並んで元気に揺れるシッポが可愛らしい。

〈ねえねえ〉

〈なに？　なに？〉

双子は生垣に頭を入れたまま、内緒の話を始めた。

双子は今まで統一された群れとしての意識を持っていた。それは個としての別々の意識を持った今でも健在で、グリおじさんですら聞くことのできない、秘密の会話をすることができる。

ただ、人の気持ちには疎い癖に妙に鋭いグリおじさんに、表情で気付かれるかもしれないと考え、頭を隠して会話をしているのだった。

〈このまちの人間じゃダメそうだよね〉

〈人間じゃ、まちのぜんいんにつけてもオジちゃんより少ない魔力しかあつまらないかも？〉

〈たくさんの人間につけたら、ロアにおこられそうだよね〉

〈おこられるね。オジちゃんみたいに、話し合いさせられるよ！〉

〈やっぱり、人間じゃダメだね。魔獣がいいね〉

〈グリフォンたちがよかったなぁ〉

〈ロアに消されちゃったから、仕方ないよ……〉

ヒソヒソと、二匹で話し合う。

双子の話している内容は『下僕紋』。ディートリヒの太腿につけた、双子の足跡の形の傷跡のことだ。

双子は城塞迷宮《シタデルダンジョン》で追いかけ回していた時に、こっそりとその下僕紋をグリフォンたちにつけていた。しかし、その後でロアが魔法薬を使ってグリフォンたちの傷を全て治したために、消えてしまったのだった。

下僕紋とは、その名の通り、下僕とした印だ。

双子の魔狼がその者の主となった目印だった。

他の魔獣であればそれだけのものでしかない。しかし、魔狼のように群れで暮らす魔獣にとっては、さらなる機能が存在した。それは群れを作る魔獣しか扱えないため、グリおじさんですら知らなかった。

その機能は『供与《きょうよ》』。

下僕紋を通して魔力の流れを作り、主が下僕に魔力を与える機能だ。従魔契約の魔力回廊の簡易版のようなものだ。

従魔契約の魔力回廊と違う点は、主の側にしかそれを利用する権利がないところだろうか。

ディートリヒが赤い魔狼《ルー》の魔力を分け与えられ、剣に炎の魔法を纏わせられた秘密がこれだ。

そしてもう一つ。

双子が隠している、下僕紋の本来の機能だと言ってもいいものがある。

『搾取《さくしゅ》』。

群れの主が下僕たちから、魔力を強制的に奪い取り、己の魔力同然に扱うというものだった。

双子の魔狼は誰に教えられたわけでもなく、魔狼の本能からこれを理解していた。そして内緒で五匹のグリフォンに下僕紋をつけ、今後の魔力の供給源にするつもりだった。

だが、それはロアが治してしまったことで、夢と消えた。

ロアの性格からすれば、グリフォンたちを治療するのは簡単に予測できたのだから、双子の考えが甘かっただけだろう。反省こそすれ、双子に文句を言える権利はない。なによりも、ロアやグリおじさんに内緒で、ロアの役に立つための力を得る企みだ。文句など言えるはずもない。

〈また、グリフォンたちみたいな強い魔獣に印をつけられないかな？〉

〈みつけるの、むずかしくない？〉

〈うーん、むずかしい！　こっそり、弱いのに、たくさんつける方がかんたん？〉

〈ディートリヒくらいのをたくさん？〉

〈ディートリヒじゃ役にたたないよ。ディートリヒより魔力が強いのが、たくさんいるよね？〉

〈でも、ロアにないしょにしなきゃ！〉

〈びっくりさせたいよね！〉

〈ね!!〉

にっこりと、二匹で笑い合う。

普段はグリおじさんの暴走を冷めた目で見ていることも多い双子だが、なんだかんだ言って悪い影響を受けてしまっているようだった。


冒険者ギルドへの報告が終わり、家へと向かう道。

「んふふーーーん！　ふん！」

適当な鼻歌を歌ってしまうくらいに、ロアは上機嫌だ。

首にかけられているギルド証を握りしめ、その存在を確かめる。隠し切れない喜びに、ロアは笑みを浮かべた。

依頼を達成し、ロアは晴れて正式な冒険者となったのだ。

浮かれてしまうのは仕方ない。

冒険者として認められたことに比べれば、冒険者ギルドで対応したビビアナがいつの間にか受付主任からギルドマスターになっていたことや、疲れ切って薄汚れて幽鬼《ゆうき》のように覇気《はき》がなく、事務的対応しかできなくなっていたことが気になったのも、些細なことだ。

今のロアには全てが輝いて見えていた。

今にも踊り出しそうなロアの姿を、望郷の二人とグリおじさんは微笑ましく見ていた。

いつもなら率先して動くことがないロアが、興奮して待ち切れないとばかりに、足取りも軽く先を進んでいる。時々人にぶつかりそうになるほどの、はしゃぎ具合だった。

ロアの喜びが伝染して、双子の魔狼《ルーとフィー》もロアの周囲を踊るように飛び跳ねている。

「ところで旦那《だんな》旦那」

〈旦那？　なんだその呼び方は？　気持ち悪い〉

ロアとの距離が少し開いたのを確認して、ディートリヒがねっとりとした嫌らしい笑みをグリおじさんに向けた。そして肩を抱くように、グリおじさんの首に腕を回して密着する。

「旦那、恩を返してもらえませんかね？」

〈恩とはなんだ？　寝坊助は我のことをアンタとかアイツと呼んでいたであろう？　その呼び方と口調をやめろ、気持ち悪いぞ！〉

親しげに首に腕を回して抱き着かれ、グリおじさんが本気で嫌そうにしている。

「つれないなー、旦那。恩というのは冒険者ギルドが崩れてたことですよ。あれ、旦那でしょ？　ロアに黙っててあげたんだから、ちょっと融通《ゆうずう》を利かせてもらいたいことがありましてねぇ」

〈ギルド!?　いや……我は何もしておらぬぞ！　証拠は!?　証拠はあるのか!!　冤罪《えんざい》だ！　我は壊

れるような仕掛けはしておらぬ！〉

明らかに挙動不審で、完全に語るに落ちて、自分だと認めているようなものだ。

グリおじさんは回された腕を振り払おうとするが、ディートリヒは腕にさらに力を込めて頬同士をくっつけた。

「ロアにバレていいんですかい？　城塞迷宮《シタデルダンジョン》でロアとオレたちをハメてくれたおかげで、旦那の信頼は地に落ちてるんですよ？　今、冒険者ギルドの建物をぶっ壊したってバレたらどうなるでしょうねぇ？　飯抜き一週間はきつかったですか？　ロアが本気で調べたら、証拠も見つけちゃうかもしれませんねぇ。ロアはそういう妙なところは天才ですからねぇ。また怒られたいんですかねぇ？　今度は飯抜きだけじゃ済まないかもしれませんねぇ」

〈ぐぬぬぬぬぬ……なんだ!!〉

「へ？」

突然の言葉に、ディートリヒは間の抜けた声を上げる。

〈その融通を利かせてもらいたいこととは何だと聞いておる！　崩れた冒険者ギルドのことなど知りもしないが、我は広い心を持っておるのでな、たまには貴様のような小物の望みを聞いてやらんこともないこともない……〉

思ったより素直に言うことを聞いてくれて、ディートリヒは驚いたがすぐに笑みを深めた。

「さすがですぜ、旦那！　実はですね、オレっちたちの地元にロアの坊ちゃんを招待したいと思ってましてね、旦那にその後押しをして欲しいんでゲスよ」

ディートリヒはニコニコと、嘘っぽい笑みを浮かべてみせた。今にも揉み手をしそうな勢いだ。

グリおじさんはゴミを見る目でディートリヒを睨みつける。

〈だからなんだその口調は!!　地元？　ネレウスか？　国同士のつまらぬ争いに小僧を巻き込もうとしてるのではないだろうな!?　もしそうなら……〉

「そんなこと、オレが許すわけないだろ」

不意にディートリヒの雰囲気が変わった。

浮かべていた笑みも掻き消える。

〈口調が戻ったな。なるほど、本心に反することを言わねばならず、口調を変えて茶化《ちゃか》していたのか。国からの要請だな？　何か弱みでも握られたか？　今回の旅ではかなり無理をしたようだしな。その交換条件と言ったところか？〉

「……」

〈無言は肯定ととるぞ。我らの旅についてくる必要などなかったのに、厄介な〉

「うるせぇ。とにかく、バラされたくなきゃ、協力しろよ」

〈ふむ。海の魚は嫌いではないからな。遊びに行くぐらいかまわんだろう！　食事代は貴様たち持

ちだからな！〉

「いいのか？」

あっさりと了承され、ディートリヒはホッと安堵の息をつきながらも困惑する。

〈小僧の喜ばしい日に、貴様とケンカをして水を差したくないからな〉

「それは……確かに」

一人と一匹は、年相応の無邪気な笑みを浮かべているロアを見る。ギルド証を掲げて眺めている姿に、自然と優しい笑みが溢《こぼ》れた。

このグリおじさんとディートリヒの悪だくみは、まったくロアには聞こえていなかった。

視界の端に、一匹と一人がくっ付いている様子は見えたが、いつも仲良さそうだなと思った程度だ。

機嫌の良いロアの目には、グリおじさんとディートリヒが仲のいい友達のように見え、疑問の一つも浮かばない。

すぐ近くを歩くクリストフには聞こえていたが、ディートリヒの行動は打ち合わせ通りだ。無事グリおじさんとの交渉を終えたことで、こちらも胸を撫で下ろしている。

ロアを自国に招くのは、望郷が城塞迷宮《シタデルダンジョン》に行く許可を取るための、女王との交換条件だった。ロアは事情を話せば快く引き受けてくれただろうが、やはり一番の問題はグリおじさんだったのだ。

グリおじさんが拒否すれば、ロアの同意があっても不可能だったかもしれない。

だが、今回はグリおじさんがやらかしてくれたおかげで、弱みを握って交渉することができたのだった。

クリストフも肩の荷が下りたことで、気持ちの余裕ができて周囲に目が届くようになってくる。

双子と共にフラフラと歩いているロアは、少し周囲に迷惑になってきているかもしれない。そう考えるとクリストフはロアに近づき、落ち着かせるためにその頭をそっと撫でた。

ロアはそれを素直に受け入れ、今まで見せたことのない満面の笑みをクリストフに返したのだった。

「でも、本当に良かったのか？」

「何がですか？」

「……いや、ロアが良いならいいんだが」

不意に言ってしまった言葉を、クリストフは呑み込む。

クリストフは知っている。立ち会っていたディートリヒから聞いた時は、かなり驚いた。

ロアは正式登録の書類を提出する時に、職業欄に『万能職』と書いたのだ。

そして、対応したビビアナもそのまま通してしまった。

今のロアの職業は、万能職だ。

ロアはいざ登録のために自分の職業を書くことになって、悩んだ。

まず思いついたのは『剣士』だ。

ロアは冒険者としては剣士を目指している。しかし、今はまだナイフを振るのがやっとだ。

次に『従魔師《テイマー》』だが、これも現状とロアの中の従魔師《テイマー》像が違い過ぎた。従魔師《テイマー》は魔獣を従えて指示を出して戦闘させる職業だ。

今のロアは指示を出すどころか振り回されている。むしろ、戦闘中はロアの方がグリおじさんに指示を出されている。

それではとても従魔師《テイマー》とは言えない。

グリおじさんはロアを『魔術師』にしたいようだが、ロアの魔力は借り物だ。従魔契約でグリおじさんと魔力を共有しているからこそ、戦力になる魔法を使えるだけである。

そんな借り物の力で堂々と魔術師を名乗れるほど、ロアは図々しい性格ではない。

そして結局、一番しっくりくるのが万能職だったのだ。

長年やっていたのだから当然だろう。

まだどの職業にもなれていないという自己評価の低さと、納得できない以上はその職業を名乗れないという頑固さで、万能職を選んでしまったのだった。

本来であれば、正式な冒険者になって、見習職である万能職を名乗る者はいない。職員も止めて書き直させるところだろう。

だが、色々あり過ぎて疲れ切っていたビビアナは、そのまま通してしまったのだった。

ビビアナは、冒険者ギルドの黒幕《フィクサー》からロアについての手紙を受け取ったことで、彼と黒幕《フィクサー》に何らかの関係があるのだろうと考えて怯えていた。今では一切関わりたくないと思っているほどだ。

そのこともあり、ロアには逆らわず行動を全肯定することに決めたのだった。

たかだか職業のことでとやかく言うわけがない。

「さあ！　帰ってお祝いしよう！　美味しいものをいっぱい作るからね！」

ロアの言葉に従魔たちから歓声が上がる。

広い空に、笑い声が溶けていく。

こうして世界にただ一人の、正式な万能職が誕生したのだった。

追い出された万能職に新しい人生が始まりました
〈原作〉東堂大稀
〈漫画〉宇崎鷹丸
1～3
勇者パーティから追放された見習いには錬金術師の才能が眠っていました。
味方はモフモフの従魔たち!
1～3巻大好評発売中
モフモフ従魔が見習い少年ロアのピンチに駆けつける
描きおろしエピソード入り!
身勝手なメンバーたちに役立たず扱いされて勇者パーティから放り出された少年ロアが切れ者商人コラルドと出会った。
隠れた才能を見出されたロアは再び旅の準備を始める。
その頃ロアを慕う従魔たちも独自に動き始めていた。
■B6判 ■各定価:748円(10%税込)
Webにて好評連載中!
アルファポリス 漫画
検索

月が導く異世界道中
Tsukiga Michibiku Isekai Dochu
あずみ圭
Azumi Kei
1～16
8.5
TVアニメ化!
2021年7月7日放送開始!
TOKYO MX・MBS・BS日テレほか
CV 深澄 真：花江夏樹
巴：佐倉綾音 澪：鬼頭明里
監督:石平信司 アニメーション制作:C2C
レシート応募プレゼント
キャンペーン実施中!!
2021年6月4日～2021年9月30日まで
詳しくはこちら
●各定価：1320円（10%税込）
●illustration：マツモトミツアキ
1～16巻好評発売中!!
漫画：木野コトラ
●各定価：748円（10%税込）●B6判
コミックス1～9巻好評発売中!!

◉定価:本体1320円(10%税込)　◉ISBN:978-4-434-29116-6　◉illustration:十風

TENSEIOJIHA DARAKETAI
転生王子はダラけたい 1~12
朝比奈 和
Asahina Nagomu
チートな前世の知識のせいで、国家レベルのトラブル続出!?
ネットで大人気!
召喚獣《なかま》に囲まれ
夢のぐ〜たら生活!
のはずが……
コミックス 1〜3巻 好評発売中!
◉漫画:堀代しじゃも
B6判
◉各定価:748円(10%税込)
大学生の俺・一ノ瀬陽翔《いちのせはると》は、異世界の小国王子フィル・グレスハートに転生した。窮屈だった前世の反動で、これからは思いっきりダラけて過ごそうと思ったものの……初めて契約した召喚獣がヤバすぎる力を持つ伝説の獣だったり、自分が食べたくて作った料理が国中で話題になっちゃったり。もう、ぐ〜たら生活どころじゃないよぉ〜!!
1〜12巻好評発売中!
コミカライズ新シリーズがスタート!
◉各定価:1320円(10%税込)
◉Illustration:柚希きひろ
◉漫画:川越マチコ

神様の手違いが元で、不幸にも病気により息を引き取った日本の小学生・如月啓太。別の女神からお詫びとして加護をもらった彼は、異世界の侯爵家次男に転生。ジョーディという名で新しい人生を歩み始める。家族に愛され元気に育ったジョーディの一番の友達は、父の相棒でもあるブラックパンサーのローリー。言葉は通じないながらも、何かと気に掛けてくれるローリーと共に、楽しく穏やかな日々を送っていた。そんなある日、1歳になったジョーディを祝うために、家族全員で祖父母の家に遊びに行くことになる。しかし、その旅先には大事件と……さらなる“もふもふ”との出会いが待っていた!?

◉定価：1320円（10％税込）　ISBN 978-4-434-28999-6　◉illustration：conoco

●定価:1320円(10%税込)　●ISBN 978-4-434-28890-6　●Illustration:ひげ猫

余りモノ異世界人の自由生活
勇者じゃないので勝手にやらせてもらいます
［著］藤森フクロウ
Fujimori Fukurou
幼女女神の押しつけギフトで
快適！
辺境ソロ生活！
第13回
アルファポリス
ファンタジー小説大賞
特別賞
受賞作!!
勇者召喚に巻き込まれて異世界転移した元サラリーマンの相良真一（シン）。彼が転移した先は異世界人の優れた能力を搾取するトンデモ国家だった。危険を感じたシンは早々に国外脱出を敢行し、他国の山村でスローライフをスタートする。そんなある日。彼は領主屋敷の離れに幽閉されている貴人と知り合う。これが頭がお花畑の困った王子様で、何故か懐かれてしまったシンはさあ大変。駄犬王子のお世話に奔走する羽目に!?
●ISBN 978-4-434-28668-1 ●定価：1320円（10％税込） ●Illustration：万冬しま

この作品に対する皆様のご意見・ご感想をお待ちしております。
おハガキ・お手紙は以下の宛先にお送りください。

【宛先】
〒150-6008 東京都渋谷区恵比寿4-20-3 恵比寿ｶﾞｰﾃﾞﾝﾌﾟﾚｲｽﾀﾜｰ 8F
（株）アルファポリス　書籍感想係

メールフォームでのご意見・ご感想は右のＱＲコードから、
あるいは以下のワードで検索をかけてください。

アルファポリス　書籍の感想　検索

ご感想はこちらから

本書は、「アルファポリス」（https://www.alphapolis.co.jp/）に掲載されていたものを、
加筆・改稿のうえ書籍化したものです。

追《お》い出《だ》された万能職《ばんのうしょく》に新《あたら》しい人生《じんせい》が始《はじ》まりました5

東堂大稀（とうどうだいき）

2021年7月31日初版発行

編集－矢澤達也・宮田可南子
編集長－太田鉄平
発行者－梶本雄介
発行所－株式会社アルファポリス
〒150-6008 東京都渋谷区恵比寿4-20-3 恵比寿ｶﾞｰﾃﾞﾝﾌﾟﾚｲｽﾀﾜｰ8F
TEL 03-6277-1601（営業）　03-6277-1602（編集）
URL https://www.alphapolis.co.jp/
発売元－株式会社星雲社（共同出版社・流通責任出版社）
〒112-0005 東京都文京区水道1-3-30
TEL 03-3868-3275
装丁・本文イラスト－らむ屋
装丁デザイン－AFTERGLOW
印刷－中央精版印刷株式会社

価格はカバーに表示されてあります。
落丁乱丁の場合はアルファポリスまでご連絡ください。
送料は小社負担でお取り替えします。

ISBN978-4-434-29123-4 C0093